FORORD

Forfatteren Jopie Leopoldsdotter von Horn har skrevet 12 noveller – en for hver måned i et år. Hun er inspireret af hver sit tidstypiske klima og stemninger.

Tidligere har hun skrevet digtsamlinger, hvoraf den første blev trykt, da hun var 13 år gammel og udgivet 2 år efter. Desuden skuespil til PEGASUS TEATRET, som hun startede efter sin uddannelse som instruktør og manuskriptforfatter på Statens Teaterskole. Tegne- og maleuddannelsen har hun taget på Skolen for Brugskunst (senere Designskolen)

Disse dejlige noveller viser hendes evne til at se dramaet i dagligdagen. Der er både romantik og spænding i novellerne, og det er nemt at genkende oplevelserne enten fra en selv eller fra andre, vi kender eller har hørt eller læst om.

Foruden forfatter- teater og billedkunstner, benytter hun sin kreativitet til hver eneste dag at lægge et Haukudigt, opbygget over et at hendes billeder ind på hendes Facebookside, hvor de kan ses hver dag,

Lone Rytsel

Juli 2021 – 144 sider
Forfatter © Jopie Leopoldsdotter von Horn
Redaktion – Lone Rytsel – Bogforlaget i Sandvig
Forlag – BoD – Books on Demand – Hellerup – Danmark
Tryk – BoD – Books on Demand – Norderstedt – Tyskland
ISBN – 9788743033684

INDHOLDSFORTEGNELSE

JANUAR - ET NYTÅRSFORTSÆT

At vågne op med hovedpine 1. nytårsdag, kigge ud af vinduet og se gården fyldt med nedfaldne raketstumper i nyfalden sne er måske ikke lige det mest befordrende for at starte opfyldelsen af et letsindigt, overstadigt og useriøst udråbt løfte til sig selv og sine omgivelser i det nye år - NYTÅRSFORSÆTTET ANNO 2008.

Gud bedre det!

Ikke noget at råbe hurra for, ikke noget at grine af mere – og værst af alt – året er faktisk startet.

Louise laver godmorgen-te - eller skal vi kalde det godmiddag-te, og heldigvis er hun slet ikke sulten. Snarere tværtimod. Hun kigger fortabt på de mange tømte flasker og den kæmpestore opvask, der venter på, hun er på dupperne igen.

Hendes venner, der har efterladt hende alene med hele menageriet, sørgede for at få en skriftlig kontrakt på nytårsforsættet. Her ligger kopien på bordet. Nej! Hun gider ikke læse den, ved alt for godt, hvad der står, og allerværst, hvad konsekvenserne er, hvis hun (mod forventning) alligevel ikke overholder det.

Skal vi tale om noget andet? Se TV-avis? Eller måske gå i gang med oprydningen? Nej, så hellere først tage et bad og skrubbe det gamle års vamle afslutning ud af kroppen.

2.

Så sidder hun der iført rent undertøj og den overdådige krop indhyllet i en laksefarvet silkekimono, julegaven fra Franz. Hun skæver igen til papiret midt på spisebordet – som et trumfkort, der ikke er til at stikke, ligger det der.

Hun kan da bare ignorere det, hvis hun vil. Eller kan hun? Der vil være skarp kontrol med, om hun følger planen, som hun selv er gået med til. Det hele skete jo i overmod kl. 24.05. Da tænkte hun vist ikke særlig klart. De ville jo i virkeligheden kun hendes bedste, ikke?

Nå, hun åbner en iskold Tuborg og skyller den ned i én lang mundfuld. Ah, tusinde gange bedre end te. Og hvad nu? Nu er der ingen vej uden om. Papiret griner af hende, udfordrer hende – og vil læses...

OK! Hvad var det så, hun gik ind på, og hvad var det så, der ville ske, hvis hun ikke overholdt det?

Hun skimmer papiret: Ikke mere sprut, ikke mere slik og kager, intet smør eller anden fed spise, ingen cigaretter. Følge vægtvogterplanen i detaljer, opsøge en diætist og være nede på at veje 70 kg max næste nytår samt total røgfri.

I parentes bemærket vejer hun nu over det dobbelte – 152 kg og ryger 6 pakker om dagen.

3.

Det kan man bare ikke nå. Det kræver i hvert fald en motivation, hun ikke besidder – og slet ikke i øjeblikket. Hun snupper en ekstra øl.

De kan rende mig, råber hun ud i det menensketomme rum. (Louise taler videre med sig selv) - De kan da ikke tvinge mig til det – og de kan aldrig opdage, om jeg holder min diæt. Jeg blev bare så fuld, at jeg lovede hvad som helst, hvis det kunne glæde dem.

Men nu kommer det forfærdelige: Konsekvenserne, hvis jeg ikke gør det.

Der var 18 gæster, og jeg har gud hjælpe mig lovet dem hver 10.000 kr. næste nytår, hvis jeg ikke er nede på 70 kg. Hvad får jeg så til gengæld, hvis jeg når det?

Du får en smuk, sund figur, et længere liv – og undgår at skaffe 180.000 kr. til os, sagde de.

Nå ja, men jeg kunne da bare lade være med at vædde med jer. Det var da det allernemmeste.

Nej, for du forstår ikke, at du aldrig gennemfører det uden os, og at vi kun gør det her, fordi vi elsker dig og ønsker dig et godt liv. Nu har vi længe nok overværet dit forfald. Der skal andre boller på suppen for at få dig til at reagere.

4.

Og så gav de hende et knus alle sammen, en ordentlig gibbernakker – den første og den sidste i det nye år – og så kom kontrakten på bordet klar til underskrift.

Hun tøvede et øjeblik. Så skrev hun under. Den uigenkaldelige brannertunderskrift står her – og er ikke til at løbe fra.

Louise rydder bordet, tager sig sammen til en opvask og en let rengøring. Det er hårdt, men det hjælper på tømmermændene. Faktisk så meget, at appetitten kommer igen.

Gå med dig appetit! Siger hun strengt. Men det bestemmer den selv. Det samme gælder tørst og smøgtrang. Man kan ikke sådan lukke dem udenfor døren. Hun synker ned i sofaen og gennemtænker situationen. Faktisk synes hun lige pludselig, at de har taget røven på hende. Hun var fuld, og de – de var noget så kærlige og mente hende det noget så godt.

Nej, de kan aldrig blive hendes rigtige venner. De må da vide, hun aldrig vil være i stand til at skaffe 180.000. Vil de så sagsøge hende og måske få en advokat til at gøre udlæg i alle de smukke antikviteter og smykker, hun har arvet fra sin mor? Det kan man da ikke. Eller kan man? Er det overhovedet hendes venner? Nej. Fra nu af har hun intet tilovers for dem. Hun vil aldrig se dem mere – og de skal ikke bestemme, om hun skal være tyk eller tynd.

Louise river kontrakten i små stykker og smider den i skakten. Slut!!!

5.

Louise dækker festbord med alle resterne fra i går og snaps og endnu flere øl. Der er kager til dessert og vist også en liter is, der ikke blev spist i går – og så har hun heldigvis et karton Prince Light. Så kan det aldrig gå helt galt.

Og nu – SKÅL LOUISE – på et fedt og uafhængigt nyt år – godt nok med færre venner, men med retten til at bestemme over sit eget liv i behold.

Mobilen ringer, men hun tager den ikke. Lidt efter kommer der en SMS. Det er fra Franz: Husk vores aftale – og husk, vi har kopi af kontrakten.

Hun skovler maden i sig som aldrig før – stadig iført hans silkekimono fra Aldi til 49,85. Lidt efter kommer med få minutters mellemrum en SMS fra hver af de sytten andre gæster med samme ordlyd. Hun gyser. Det føles næsten som: BIG BROTHER IS WATCHING YOU!

Hun er sikker nu. Det hele var aftalt spil. Pludselig ved hun, hvordan hun kan narre dem. Hun sælger selvfølgelig bare alle moderens smykker og antikviteter, og putter pengene i en bankboks. Så er der ikke noget at komme efter. Det havde de nok ikke regnet med.

Louise drikker tæt og går bagefter i gang med desserten. Udenfor affyrer folk sidste års sidste fyrværkeri. Mange af dem er børn - for forældrene sover endnu. En fuser flyver ind mellem benene på et par indvandrerdrenge.

Livet er fedt – i morgen er der atter en dag – ingen skal få hende ned med nakken - og man har et nytårsforsæt til man får et nyt! SKÅL!

Himlen lyser op i en regn af guld...

FEBRUAR - VICTORS VINTER

Victor bor i sin kolonihave hele året. Det er ellers strengt forbudt at bo der om vinteren, men Victor er boligløs og har fast adresse hos sin bror på Nørrebro.

For mange år siden, da han havde arbejde på en metalfabrik, købte han kolonihaven med et lille bitte hus på og høje hække rundt om. Dengang var det endnu billigt at erhverve sig en kolonihave. Nu koster de rigtig mange penge, og han kunne sælge den og tjene på det.

Men han har aldrig vedligeholdt huset, så det er kun grunden, der er noget værd. Desuden er det hans hjem, og hvor skulle han så bo?

Der er også udsigt til en sø, hvor man kan fiske om sommeren. Victor har en gammel båd, der ligger fortøjret til en faldefærdig bådebro. Han har ikke brugt den i mange år, for den er blevet utæt, og han har ikke mere råd til at reparere og male den.
Han er folkepensionist, så hver måned kommer der penge ind på hans konto. Det er faktisk mange penge, når man tænker på, at han bor gratis og kun skal sørge for gas og mad.

Men Victor sparer pengene. Han nænner ikke at bruge mere end allerhøjst nødvendigt. Resten hæver han i kontanter og gemmer i et skrin, som han graver ned i et hemmeligt rum i haven. Det er kun ham, der kender gemmestedet. Han har gennem årene indtil nu sparret 1.200.000 kr. op. Han elsker hver den første at tage skrinet frem og tælle alle sine penge – og lægge de nye til. Det er én af de få glæder, han har.

2.

Det har været godt at bo herude forår, sommer og efterår. Da var det lovligt, og han behøvede ikke at være bange for at blive opdaget. Men så kom vinteren. Der har indtil nu kun været regn og blæst. Meget lidt frost med sne. Men her i februar måned begyndte frosten for alvor at tage til, og i den sidste uge har det sneet, så det var umuligt at komme ud.

Han har naturligvis prøvet tidligere vintre at være i samme situation, men da har han været godt forsynet inden med alt muligt mad, der kunne holde sig og vand i store mængder. Denne gang kom det helt bag på ham. Han vågnede om morgenen – og alt var pludselig sneet til. Han forsøgte at åbne døren, men det var umuligt. Han var sneet inde.

Maden står i en plastikspand med låg udenfor huset. Der opbevarer han den altid om vinteren, så den kan holde sig. Han har jo ikke køleskab. Hvordan skal han nu få fat på den, når han ikke kan få døren op?

Han har hele ugen levet af brød, syltetøj, dåser med forskelligt indhold, og en gryde med smeltet sne. Det er vældig smart, syntes han, når man ikke har vand i huset.

Når han kigger ud af vinduet, kan han se et tykt dække af sne i hele haven. Træerne er meget smukke. De bøjer sig dybt mod jorden tynget af sne, og lange istapper hænger ned fra taget. Gasovnen er tændt, men alligevel er der koldt og utæt. Han er lidt bange, for at taget ikke holder i det lange løb. Sneen er tung og taget er tyndt.

Der er ingenting, der er isoleret. Det er jo kun beregnet til sommerophold. Han sidder og skutter sig tæt på ovnen og gnider de gamle barkede hænder mod hinanden. Han tænker på, at han sidder her alene, som den eneste i hele det store kolonihavekvarter, og ingen ved, han er der. Kun hans bror på Nørrebro, men de snakker sjældent sammen, for brorens kone gider ham ikke.

Det er heller ikke med hendes gode vilje, at han har adresse der, men det har hans bror trods alt ordnet for ham.

Han er meget sulten nu og har kun lidt tørt brød tilbage i en plastikpose. Ingenting at komme på. Han spiser en skive bart brød og pakker resten omhyggeligt ind igen. Det skal jo gerne kunne holde sig. Der er ingen der ved, hvornår han kan komme ud. Vandet er også sluppet op.

3.

I morgen er det hans fødselsdag. Så fylder han 80. Det er ellers en fødselsdag, man skulle fejre, men Victor er ligeglad. Han synes ikke, der er noget at fejre, og han kender jo heller ingen mennesker, han kunne invitere. Desuden er det dyrt at holde fødselsdag. Han klukker lidt ved tanken om alle de penge, han sparer, og som andre mennesker smider ud til ingen verdens ting. Næh, han har det godt, som han har det, hvis altså bare det snevejr ville stoppe.

Pludselig går gasovnen ud. Gasflasken er tom og skal skiftes, men han kan ikke komme i byen efter en ny. Han plejer at køre ned til byen med en trækvogn, men det kan ikke lade sig gøre i det vejr. Så slemt har det aldrig været i de mange vintre, han har boet herude.

Vinteren lod længe vente på sig, men da den så endelig kom, var det med en kraft, han aldrig før havde oplevet. Og den er ikke til at spøge med. Det begynder at blive koldt inde i stuen, og han spekulerer på, hvad han kan gøre. Tænde alle de stearinlys, han har, men så er der jo ikke mere lys om aftenen. Så hellere spise endnu et stykke tørt brød og bagefter gå ned under dynen og sove til i morgen.

Det gør han. I morgen er der atter en dag, og måske bliver det tøvejr. Han falder snart i søvn med alt tøjet på.

4.

Victor vågner tidligt næste dag. Han sætter sig op i sengen. "Til lykke Victor med den store dag!", siger han højt ud i rummet. Hans ånde står som en sky af damp ud af munden. Det er tydeligt frostvejr – også indendørs. Ovnen står og kigger på ham, udeltagende og iskold.

Brødet er blevet muggent her til morgen, men han spiser det alligevel. Han er helt tør i munden, men har ingenting at drikke. Udenfor har intet ændret sig. Det ligner et eventyrrige med stedsegrønne blade på buskene og tunge hvide dyner, der hænger ned fra de gamle birketræer. De er nok lige så gamle som han selv.

Det er et smukt syn, men hvad kan han bruge det til. Han fryser og tager alt det tøj på, han har i skabet. Det er hullet og lugter af mug og ælde og mangel på vask.

"Jeg må ud" siger han halvhøjt til sig selv. Han taler altid med sig selv. "Måske skulle jeg knalde vinduet." Der er kun ét vindue, og det er sømmet til udefra, fordi hængslet gik i stykker. Så kan han i det mindste komme ud, men sneen er så høj, at han vil blive gennemblødt, og hvordan skal han tørre sit tøj bagefter?

"Hvis bare jeg havde en telefon. Så kunne jeg ringe til Albert". Albert er hans bror. Han fryser over det hele og tænker på maden ude i plastikspanden. Han prøver atter en gang at skubbe døren op, bare en lille smule, bare nok til at kunne klemme sig ud – men nej. Den rokker sig ikke ud af stedet. Nu sner det igen, og det begynder også at storme. Sneen bliver pisket op på ruden.

For første gang i mange år, får Victor virkelig ondt af sig selv. "Og så endda på min 80 års fødselsdag", siger han nu næsten grædende ud i stuens iskolde luft.

Sådan kan det ikke blive ved. Så dør han af kulde. Så hellere slå vinduet i stykker og få noget mad, og dynen, den er da stadig tør og god. Og stearinlysene har han da endnu.

Som sagt så gjort. Han tager gryden og smadrer den gennem vinduet, så glasstykker springer til alle sider. Han ser på den ødelagte rude og snøfter lidt. Hvordan skal han bagefter dække hullet?

5.

Men nu fjerner han alle tiloversblevne skår i karmen og kanter sig langsomt igennem – ud i et helvede af sne og storm og bidende kulde. Han står i sne til højt op på lårene og kan ikke komme frem. Madspanden står kun ca. 10 m. væk, men det er næsten umuligt at løfte benene og tage de næste skridt. Stormen river ham om kuld og han vælter lige så lang, han er, og falder blødt på det kolde leje, men han mærker det ikke mere, kommer på højkant igen med stort besvær og har nu kun én tanke i hovedet, nemlig MAD – MAD og atter MAD. Nu er han tæt ved spanden og rækker ud efter den. Og nu – han har den! Og så tilbage. Kræfterne er små, men han kæmper sig stolt fremad. Føler han har vundet en sejr over elementerne.

Når han kommer ind, skal det fejres. Han vil alligevel fejre sig selv på dagen – holde fødselsdag, og – han tænker sig kraftigt om – han havde jo også engang købt en hel flaske brændevin, der står i skuret. Den skulle drikkes til en ganske særlig lejlighed. Den havde jo været dyr, og man skal ikke sådan bare rutte med pengene. Det er nu en gang hans princip, som han har overholdt hele sit sparsommelige liv. Men NU skal det fejres!

Atter tilbage gennem sneen i den anden retning – hen mod skuret. Han har nu ligesom lært teknikken og står lidt efter med brændevinen i de stivfrosne hænder.

Ja, brændevin skal jo være koldt, og det må man nok sige, at denne her er, griner han. Nu tilbage til hytten og ind ad vinduet. Puh ha! Tøjet er dækket af et tykt lag sne, som han ryster af, så godt han kan. Han krænger det yderste lag bukser og trøjer af, og finder et gammelt regnslag, som han fæstner i kanten af karmen med gamle tegnestifter fra billeder, han piller ned fra væggene, for at få nok. Der bliver totalt mørkelagt inden døre.

Så trækker han bordet hen til sengen. Dækker op med tallerken, bestik og snapseglas og serviet. Fint skal det være! Man har jo kun 80-års fødselsdag én gang i livet.

Han sætter sig på sengen under dynen og tænder alle de stearinlys, han har. Desværre er der ikke 80. Det havde ellers været morsomt, tænker han. Men der er 45, og de varmer foran hans ansigt og kolde fingre.

NU – MADEN og BRÆNDEVINEN! Sikken en fest, den eneste, han har holdt i hele sit firsårige lange liv. Han dækker op med rugbrød, leverpostej, pølse og ost og skænker brændevinen op i det lille glas.

SKÅL! Siger han højt - OG VELBEKOMME! SÅ KAN FESTEN BEGYNDE!

Han spiser og drikker – 1 – 2 – 3 – 4 glas. Det hele smager fortryllende, og han kommer i helt godt humør. "Og nu fødselsdagssangen1" siger han og skråler:

"I dag er det Victors fødselsdag, hurra, hurra, hurra." Da han kommer til: "og når han hjem fra skole går..." tager han hele flasken op for munden, bøvser og synger, hikker og synger videre, og pludselig er alting bare vidunderligt – lige som en drøm. Han har aldrig haft det så vidunderligt før i hele sit liv. Heller ikke dengang han var ung og havde en kæreste, bare kort tid, for hun syntes, han var alt for kedelig – og nærig.

6.

Pludselig lyder der en knagen og bragen. Han kigger op i sin salige rus. "Er der mon nogen, der fyrer nytårsfyrværkeri af for mig?" spørger han.

Nu begynder taget at skride og falde ned i hovedet på ham. Han vælter omkuld på sengen.

Han kan se lige op i himlen nu. "Hvor er himlen dog smuk!" sukker han og sover hen i sin salige rus, mens sneen dækker hans sengeleje og vinden hvisker sit stille godnat

- en vintervise til Victors ære.

MARTS - FOR TIDLIGT FORÅR

Nede i anlægget foran bebyggelsen GYLDENGÅRDEN sidder to midaldrende kvinder på en bænk. Det er Minna og Winnie, begge førtidspensionister grundet henholdsvis museskader og piskesmæld.

De er rigtig glade og snakken går. Samtalen handler såmænd om vejret, og det er der faktisk også god grund til netop i dag, for det må siges at være den første forårsdag med masser af sol, der varmer på deres vinterblege hud.

Rundt om i græsset og mellem træerne skyder vintergækker og erantis frem under buske med spæde lysegrønne knopper. Det kan næsten ikke være sandt, at man kan sidde her og lege forår. For bare fjorten dage siden var det snestorm – og hvem ved – måske er det ikke den sidste sne, der er faldet i år.

Mens de snakker frem og tilbage om vejr og vind og ingenting, sidder de med næsen i sky og lukkede øjne i håb om at komme hjem med de første tegn på sol - kinder der blusser – næsten som var det af ungdommens rødme.

Ja, hvem der var ung, sukker Minna, da der i det samme passerer en barnevogn ført af en ung pige, der skynder sig forbi dem med raske skridt.

Hvem var det? Kender du hende?

2.

Nej, men jeg synes, jeg har set hende før. Er det ikke en af dem ovre fra rækkehuskvarteret?

Hun bor i hvert fald ikke i vores gård. Hun er da ikke en dag over 14. Hvorfor i alverden går hun rundt og passer andre folks børn, når hun skulle være i skole på denne tid?

Nå, moren har nok været syg og ikke kunne passe ungen selv. Så i nød kan man jo godt træde hjælpende til. Det er jo ikke alle familier, der har friske bedstemødre som os, der ikke er blege for at give en hånd med i sygdomssituationer.

Barnet begynder at græde og pigen stopper op for at trøste den lille og give ham en sut. Det hjælper ikke det mindste. Han er nok hundesulten. Måske skulle hun gå hjem og give ham noget mad. Nu hyler han virkelig hjerteskærende.

De to damer kigger på hinanden med et bedrevidende blik.

Nu vender pigen om, kører tilbage til bænken og tager den lille op. Han er kun få uger gammel. Hun sætter sig i den anden ende og nusser om ham og kysser ham på håret. Han græder endnu mere.

Nu er damerne vidne til et forbløffende syn. Pigen åbner jakken og knapper trøjen op, hvorpå hun lægger barnet til brystet – og der bliver total ro. Han smasker løs, så han er lige ved at forsluge sig og kommer op at bøvse over pigens skulder.

3.

Damerne er chokerede, og samtidig er deres aldrig mættede nysgerrighed for alvor vakt.

Undskyld, men hvad hedder den lille?

Tobias.

Nåh, og hvor gammel er du så?

14 år og jeg hedder Sofie. Var der mere I ville vide?

Nej, hvor herre bevar mig vel!

Minna og Winnie rejser sig resolut på én gang og forlader stedet med hånlige skuldertræk. Sikke dog en uforskammet opførsel.

Tilbage i den første tidlige forårssol sidder Sofie med sit lille nyfødte barn og græmmer sig. Hun har allermest lyst til at vrænge af dem.

Da hun er faldet lidt til ro, begynder hun at tænke tilbage, for gud ved hvilken gang, hvordan verden så ud en tidlig forårsdag i marts, for præcis et år siden.

Tobias sover. Sofie lukker øjnene i solen og tænker tilbage og husker alting, som var det i går. Så tager hun et lille hæfte frem fra tasken, og begynder at skrive det ned. Bagefter læser hun hele forløbet op – og højt ud i luften - som var der en usynlig lytter til stede.

4.

Men de to emsige damer, der allerhelst ville have hørt det, forsvinder af stien på den anden side af søen.

Og anlægget ligger øde hen i middagssolen.

Sofie fortæller:

Det var Kirstine hjemme fra vejen, hende jeg har leget med i mange år, mens vi var små. Det var hende, der egentlig startede det hele. Hun er to år ældre en mig. Jeg gik i 7. kl. og hun i 9.

En dag spurgte hun, om jeg ville med til en gymnasiefodboldkamp. Det var det sidste, jeg gad. Fodbold interesserer mig ikke en døjt. Hvorfor skulle jeg så med?

Fordi hendes bror, som jeg selvfølgelig også kender, går i 1.G med en dreng, der hedder Jacob, og han er det nye store fodboldhåb. De snakker nærmest om ham som en ny Beckham. Han er lige så flot og sexet – og så kan han score – masser af mål og masser af piger.

Nå, og hvad så. Det kan da aldrig komme mig ved.

Åh, gå nu med. Tænk, hvis han virkelig bliver en ny Beckham, så kan du da prale med, du har set ham live.

Hold nu op! Men siden du så gerne vil have mig med, gør jeg det for din skyld.

5.'

OK, jeg så kampen, og det var da rigtig nok. Han var smadder flot, og jeg, der ikke gider fodbold, greb mig i at sidde og heppe på ham gang på gang.

Jacobs hold vandt stort over det andet gymnasium, og bagefter var der fest for de særlig indbudte. Jacob og vennerne havde håndplukket en gruppe fans for at fejre sejren sammen med dem i Idrætshusets festlokaler.

Naturligvis var jeg ikke inviteret med. Det var der ikke noget mærkeligt i. Men Kirstine kom med helt automatisk, fordi hun var lillesøster til Jacobs klassekammerat. Da der jo nødigt skulle være underskud af piger til sådan en fest, trak Kirstine mig med. Jeg husker, jeg ringede til mor og spurgte, om jeg måtte være sammen med Kirstine og nogle fra hendes klasse i aften. Det var i orden – bare ikke sent.

Jeg havde jo ikke ligefrem festtøj på, så jeg var hjemme hos Kirstine og låne noget tøj, ret nedringet, synes jeg nu nok, ikke sådan noget, jeg plejede at gå i. Men det var sjovt – også at sminke mig, så jeg kom til at se temmelig voksen ud af min alder. Kirstine var også mægtig smart klædt på, og så tog vi af sted til fest.

Hvis mine klassekammerater havde vidst, at jeg var med til en fest hos selveste Jacob Hedelund, var de blevet grønne af misundelse. Og far og mor – de havde aldrig givet mig lov.

Jeg var den yngste af dem alle sammen, men jeg kom jo med Kirstine og blev præsenteret som hendes veninde, så der var ingen, der kunne drømme om at nægte mig adgang, selv om jeg ikke just var inviteret.

6.

Det var første gang, jeg var med til sådan en rigtig fest med masser af hjemmelavede drinks, øl og vin og flirten i krogene. Selv passede jeg på kun at drikke sodavand. Det kunne ikke nytte at komme hjem og lugte af sprut.

Jeg dansede nogle gange med forskellige, men så pludselig stod Jacob foran mig: Hej Smukke, skal vi danse?

Det var lidt pinligt. Jeg blev rød i hovedet, og jeg syntes, det lød totalt åndssvagt – Smukke – men på den anden side var der ingen, der havde sagt det til mig før, så vi dansede, og han dansede fantastisk. Han sagde, at han ikke havde set mig til andre fester, og jeg fortalte ikke, at jeg kun var tretten år og absolut ikke havde fået lov til at gå til drukfester af mine forældre, hvis de havde vidst det.

Næste CD skulle jeg vælge, og så dansede vi videre. Vi dansede og dansede og blev ved med at danse. Han dansede lige så godt, som han spillede fodbold. Jeg kunne mærke, at alle kiggede på mig, og mit hjerte begyndte at banke kraftigt, og jeg følte selv, at jeg strålede som en sol. Hvad mon de har tænkt alle sammen?

Pludselig ringede min mobil. Den var lidt over tolv. Det var mor. Jeg løb hurtigt ud i haven – væk fra musikken – og tog den. Undskyld mor, jeg glemte helt tiden. Kommer hjem med det samme.

Jeg sagde til Jacob, at jeg blev nødt til at tage hjem nu.

 Hvor bor du? Skal jeg følge dig?

7.

Nej, nej, det er jo jeres fest, og jeg cykler bare hurtigt hjem.

Han løb efter og kyssede mig. Det havde jeg aldrig prøvet før – altså at kysse en dreng sådan rigtig på munden. Det er ligesom i film, tænkte jeg. Han trykkede mig ind til sig, men jeg rev mig løs og cyklede lynhurtigt hjem til skideballen - og i de ”lånte fjer”. Puh ha! De var godt sure. Men hvis de havde set mig den aften, ved jeg ikke, hvad de havde gjort.

Næste dag fortalte Kirstine mig, at alle havde snakket om mig. Du var ligesom Askepot i eventyret, sagde hun, men du havde bare ikke tabt en sko, så prinsen kunne finde dig igen. Heldigvis er der jo noget der hedder mobil nu til dags, så han fik dit nummer. Du hører nok fra ham.

Jo, selvfølgelig ringede han, og vi sås en del efter det – i biografen eller på café, men aldrig noget med sex. Han havde hørt fra Kirstine, hvor gammel jeg var, og selv om det var svært – og en gang imellem tæt på – skete der aldrig noget rigtigt. Han respekterede mig og pressede ikke på. Jeg syntes, han var vidunderlig og slet ikke sådan, som de andre havde sagt – én der ikke bestilte andet end at score nye piger. Han var kun sammen med mig ”Askepot”, som Kirstine drillende kaldte mig.

 Men bedst af alt husker jeg eksamensfesten, som Jacob og hans klasse holdt hjemme hos én af dem i en stor, dyr villa. Jeg måtte lyve og fortælle hjemme, at jeg skulle hen hos en anden pige fra klassen og sove hos hende – og mor troede på mig.

8.

Det var første gang, jeg prøvede et par hjemmemixede drinks. Der var en rigtig bar i huset, og det så meget professionelt ud med én af vennerne som bartender. Han kunne lave farvestrålende drinks, søde, iskolde med små bær, som jeg stadig ikke ved, hvad hedder – og en lillebitte nuttet kinesisk parasol. Det havde jeg aldrig smagt før. Det var ekstremt lækkert, og jeg drak tre i træk. Intet mindre.

Først blev jeg pjattet og lidt dum, tror jeg. Så trængte jeg pludselig til at ligge ned, og Jacob tog mig med ovenpå i vennens soveværelse.

Han lagde mig på sengen og åbnede mit tøj. Derefter kyssede han mig – først blidt – så lidenskabeligt - over hele kroppen – og så skete det – det forfærdelige, der ikke måtte ske – men samtidig det dejligste i verden, som jeg aldrig vil eller kan fortryde.

Så startede sommerferien. Allerede næste dag skulle vi på landet i et sommerhus i Tisvilde, som vi lejede hvert år. Jacob rejste til Norge med nogle venner. Det var aftalt for længe siden. Så vi skulle ikke se hinanden hele ferien.

I begyndelsen kom der breve flere gange om ugen, og mor var meget nysgerrig. Hun ville vide, hvem der skrev til mig, men jeg fortalte bare, at jeg havde fået en penneven i Norge. Det var jo ikke helt løgn, vel?

 Men så lige pludselig kom der ikke flere breve. Hold op, hvor blev jeg bange. Tænk hvis der var sket noget på én af de farlige bjergbestigninger, han pralede med.

9.

Så en dag lige inden feriens slutning dumpede et brev ind af postkassen. Det var fra Jacob. Gudskelov, tænkte jeg, så lever han.

Jeg turde næsten ikke åbne det, jeg ved ikke rigtig hvorfor. Jeg havde en fornemmelse af, at der var noget galt.

Jeg husker, at jeg nægtede at tro mine egne øjne. Det var et afskedsbrev – et definitivt farvel til vores forhold, men ingen yderligere forklaringer. Håbede bare, at jeg ville få det godt fremover.

Kirstines eneste kommentar var, at hun jo havde fortalt mig, hvordan han var.

Jeg tænkte, at Askepot fra eventyret var betydelig mere heldig end jeg med at holde på sin prins. Sværere var det at forklare mor, hvorfor min norske penneven havde stoppet korrespondensen.

10.

Minna og Winnie har taget plads på en anden bænk et andet sted i det store anlæg. Der er heldigvis plads nok, til at man ikke behøver at finde sig i sådan en snothvalp. Men det har alligevel pirret deres nysgerrighed.

De ville have givet meget for at vide, hvem der var faren. Om der var nogen far – altså nu - og hvad der fik sådan en tøs til ikke at få foretaget en abort. Der var da andre, der var kommet galt af sted, havde de hørt, men de havde da heldigvis fået fjernet barnet.

Måske har hun ikke turdet sige noget til sin mor – og så er der gået for lang tid, før det er blevet opdaget.

Nej, der er da ingen fjortenårige, der ønsker at blive gravide i den alder af egen fri vilje.

Forældrene kunne jo have gennemtvunget en abort, når hun ikke er personlig myndig. Hvorfor har de ikke gjort det?

Gisningerne er mange – men spørgsmålene forbliver ubesvarede i forårsbrisen, og tanterne tripper hjem til deres middagslur i Gyldengården.

Sofie er også på vej hjem. Hun nyder udsigten oppe fra den spinkle træbro ud over søen og ser ned på ænderne. De tripper på den tynde is, der endnu ikke helt er smeltet - kun krakeleret hist og her.

Den lille smiler i søvne, og den stolte mor smiler mod solen og går triumferende hjemad.

Jeg er den heldigste pige i hele verden, jubler hun og gør et kækt og provokerende kast med håret, da hun passerer Gyldengårdens utallige ruder. Ruder befængt med lange slimede nysgerrige blikke, der trækker dybe spor i gruset på stien, hvor hun går – på en alt for tidlig forårsdag i marts.

Vejrudsigten varsler sne i næste uge.

APRIL   - MAGDAS HIMMELFLUGT

Hav – så langt øjet rækker, Strand og sten og en skrænt der hæver sig majestætisk og utilgængelig langs kystlinjen. Overskyet himmel, der trækker op til hvad som helst. Sne og sjap den ene dag - sol og forår den næste.

Sådan er vejret i april.

Når man står oppe på skrænten og går helt ud til kanten og kigger ned, kan man godt blive helt svimmel. Der er langt ned – og der er fuldstændig stejlt. Det er for eksempel umuligt at kravle op ad skrænten, men ned er det lige så farligt. Den er Ikke sådan at spøge med.

Der er mange åbninger i skrænten, hvor det var sjovt – og farligt – at lege som barn. Man kunne kravle ind i hulerne og gemme sig. Men engang begyndte jorden pludselig at skride, mens hendes lillebror og en anden dreng sad i én af dem. Ingen vidste, hvor de var, og de blev levende begravet.

Gennem tiderne har skrænten været udsat for storme, styrtregn og forhøjet vandstand. Når så vandet trækker sig baglæns ud i havet igen, tager det et stykke af skrænten med sig hver gang. På den måde eroderes den væk mere og mere, og det kan mærkes oppe på landjorden.

2.

Engang lå der et lille landsbysamfund her. Størstedelen ernærede sig som fiskere, og der var også en lille kirke, en skole og en købmandsbutik.

Her blev Magda født for fireoghalvfems år siden. Her blev hun gift med en fisker og fik otte børn. Her druknede hendes mand og tre af sønnerne på det oprørte hav.

Sorgen var stor. Der boede mange fiskerenker dér dengang og mange faderløse børn. Så begyndte folk at flytte ind til de større byer. Kun få blev tilbage. Mange huse forfaldt, fordi de ikke blev vedligeholdt, og de, der ikke forfaldt, kom efterhånden til at stå så udsat, på grund af erosionen, at det var sidste udkald til at flytte væk, inden de styrtede i havet.

Af de seks børn, Magda endnu havde tilbage, fik to arbejde andre steder i landet, to stak til søs, og den yngste datter Mikkeline, hendes øjesten, blev endda gift i England. Hun så dem efterhånden kun sjældent. Men Lauritz på syvoghalvtreds boede stadig i nærheden og kom jævnligt forbi og kiggede til sin gamle mor. Også hendes barnebarn og to oldebørn kom på besøg en gang imellem. Så helt alene i verden var hun jo ikke, mente hun nok.

Magdas verden er ellers temmelig øde og ensom. Det er kun hendes hus, der er tilbage, og det står nu kun få meter fra afgrunden sammen med et par forvitrede og forblæste buske og vildtvoksende græs og marehalm.

3.

Alle andre er flyttet for længst, og der er hverken kirke, skole eller købmand tilbage. Men det bekymrer ikke Magda. De har ellers været fra kommunen mange gange og prøvet at overtale hende til at komme væk, mens tid er, men lige meget hjælper det.

Heller ikke Lauritz kan få hende til at komme hjem og bo hos dem, hvor der er plads nok, og nogen til at tage sig af hende. For når man er fireoghalvfems, er det jo ikke helt forsvarligt at bo alene – i hvert fald så alene – som Magda gør.

Hun synes selv, hun klarer sig fint, for hun har en aftale med Brugsen, om at komme ud med varer en gang om ugen. Det er det eneste, der kunne være et problem, for alle butikker ligger så langt væk.

I dag den første dag i april, får hun oveni købet gæster. Det er hendes barnebarn, Kamilla, der kommer med de to oldebørn, Karl og Line på ti og fem. Hun har bestilt kager. Det bager hun jo ikke mere selv.

Nu banker det på døren, og ind kommer gæsterne. Puh, her lugter mærkeligt, siger Line og holder sig for næsen. Kamilla skynder sig at lufte ud, og så sætter de sig ned og drikker kaffe og saftevand og spiser kagerne. Magda har bestilt to chokoladepåskeæg til børnene, som de spiser med det samme uden at sige tak. Magda synes, de skulle have gemt dem, for det er jo ikke påske endnu. Kamilla smiler undskyldende. Du kender jo børn, siger hun. Og husk så at sige tak til oldemor!

4.

Jeg har også noget til dig, siger Karl pludselig og trækker en gave frem, han selv har pakket ind. Hun bliver rørt og åbner den – men pakken er helt tom.

Hun er et stort spørgsmålstegn. APRILSNAR! råber Karl og griner. Det gør Line også. Men Kamilla bliver vred. Det kan du da ikke være bekendt over for oldemor. Det var en dårlig spøg. Skam dig!

Magda synes heller ikke det var sjovt, og der opstår en lidt pinlig stemning.

De snakker nu om, hvordan Magda klarer sig. Kommer du i bad, og kan du gøre rent selv, spørger hun, og kigger undersøgende omkring. Der er faktisk møgbeskidt, og Magda ser heller ikke ligefrem særlig velplejet ud. Hun går altid med det samme tøj, og hun har heller ingen vaskemaskine. Hun har altid vasket i en balje før i tiden, og sengetøj og undertøj har hun kogt i en gruekedel. Det kan hun ikke mere.

Hun kan heller ikke betjene det gamle brændekomfur mere, for hun kan ikke hugge brænde, og hun har nægtet at skifte det ud med et moderne elkomfur, som Lauritz ville have foræret hende. I stedet gav han hende et par små kogeplader, og dem bruger hun faktisk en gang imellem. I hvert fald til kaffe.

Men ordentlig sund mad bliver der ikke meget af.

Karl og Line keder sig. De piller ved alting, men de må ikke løbe ud og lege udenfor. Det er alt for farligt. De kan falde ud over skrænten, siger Kamila.

5.

Nu begynder Magda at blive nervøs. Hvad er de ude på? Det er slet ikke hyggeligt at have dem på besøg.

Nu kommer Kamilla frem med sit egentlige ærinde: Jeg har talt med kommunen, og de har skaffet en plads på plejehjemmet til dig. Du skal flytte derhen til påske. Det er om fjorten dage. Så har du tid til at vænne dig til tanken og finde ud af, hvad du helst vil have med.

Nå, skal jeg det - men det kan der nu slet ikke blive tale om. Jeg er født her, jeg har boet her hele mit liv, og jeg har tænkt mig at blive her resten af min tid.

Karl blander sig: Far siger, at det kan du ikke selv bestemme, for det er uforsvarligt, at du bor her alene i den svinesti.

Ti stille Karl og lad mig ordne det, råber Kamilla, Det er allerede en fast aftale med kommunen, og det står ikke til at ændre.

Jamen, jeg bestemmer da heldigvis selv. Ingen får mig ud herfra.

Jo, når du lever under de omstændigheder, du gør – og dit hus samtidig rykker nærmere og nærmere på afgrunden for hver dag, så er det faktisk rigtigt, at vi kan umyndiggøre dig, når du ikke selv vil høre fornuft.

Jeg fejler ingenting, og jeg må da selv bestemme, hvordan her ser ud i mit hus, så nu kan I godt skride alle tre, og jeg gider ikke se jer mere for mine øjne.

6.

SKRID!

Jamen farmor, det er jo kun for dit eget bedste. Det må du da forstå.

UD – UD - UD! Magda løfter stokken og truer den lille familie, der vælger at åbne døren og forsvinde. Line græder højlydt.

Du hører nærmere fra kommunen. Jeg ville bare forberede dig, råber Kamilla til afsked.

Tilbage sidder en fortvivlet Magda. Hvad er det dog for en familie, hun har – og sikke nogle uartige børn. Det var altså bare derfor, de kom og besøgte hende.

Hun kigger rundt i huset, og jo, der var en gang, hvor alting var skinnende rent og velholdt. Sådan er det ikke mere. Det magter hun ikke. Og et bad får hun heller aldrig, for benene er alt for usikre – og tøj, nå ja, man tager jo ikke skade af at beholde det samme på i flere dage ad gangen. Hun sover faktisk også med det på, for det er alt for vanskeligt at skifte til nattøj hver dag med alle de gigtsmerter, hun har.

Næste dag stråler solen fra en skyfri himmel, og Magda går forsigtigt udenfor og betragter sin lille fattige ejendom. For hende - det bedste sted på jorden. Aldrig skal de få hende ud herfra, lover hun sig selv. Hun tripper hen ad grusgangen med sine krykkestokke og passerer udhuset, hvor hun engang forsøgte at holde høns, men måtte opgive på grund af den evige blæst. Der ligger nu en højst mærkværdig opfindelse, Lauritz gjorde, da han var dreng, en slags faldskærm, man kunne tage på skuldrene og spænde fast.

7.

Mikkeline syede den af resterne fra et gammelt sejl fra deres båd. Det var gået i stykker, men godt nok til at sy en skærm af. Det var et stort arbejde, og de gemte det i udhuset rullet godt sammen, så Magda ikke skulle opdage det.

Hun åbnede ind til udhuset. Ganske rigtigt – der lå det endnu. Hun rystede på hovedet og mindedes, hvordan hun en forårseftermiddag kom ud for at hænge tøj til tørre på tørresnoren, men så var den væk.

Bagved huset, lige ved skrænten stod Lauritz og Mikkeline. De lignede grangiveligt nogen, der var grebet på fersk gerning.

Har I set min tørresnor? råbte Magda.

Ja mor, vi har lånt den, men du får den igen om lidt – altså det meste af den.

På jorden lå en bylt tøj, som de lige havde monteret snoren på. Hun gik nærmere. Lauritz havde bundet reb rundt om skuldre og mave, og stod klar med faldskærmen oven på hovedet. Han så højst ejendommelig ud.

Sig mig, hvad laver I to egentlig?

8.

Åh mor, du ødelægger det hele. Jeg har gjort en opfindelse – en slags svæveflyver, så jeg kan flyve ud over klinten og måske holde mig lang tid i luften. Jeg er helt klar. Vil du ikke se det?

Nej, det ved gud, jeg ikke vil. Den leg stopper I omgående!

Magda var rystet i sit allerinderste over, hvad børn dog kunne finde på. Hun beordrede Lauritz til at tage det af med det samme, lægge stoffet ind i skuret igen – og give hende resterne af tørresnoren tilbage.

Mikkeline og Lauritz var dybt skuffede, men da de havde lovet højt og helligt ikke at røre det mere, holdt de deres ord.

Nu folder Magda den ud for første gang og lægger mærke til, hvor genialt den faktisk var konstrueret. Ja, hvorfor egentlig ikke? Den kunne sikkert sagtens have båret ham.

Så smiler hun anerkendende og lægger den tilbage, hvor den lå.

Sådan går et par dage med skiftende sol og regn og blæst – ægte aprilvejr - men nu er der noget at se frem til. Det bliver snart sommer, og så er alting meget lettere. Magda begynder at glæde sig.

Pludselig hører hun en bil køre op gennem gruset og holde lige uden for hendes dør. Hvem kan det mon være? Er det mon Lauritz? Nej, det er en fremmed bil. En mand og en dame nærmer sig hoveddøren. De banker på.

9.

Hvem er I? Spørger hun forskræmt. Hun er jo ikke vandt til fremmede på disse kanter.

Vi kommer fra kommunen., siger de og præsenterer sig som konsulenter fra ældreforsorgen.

Hun smækker døren i hovedet på dem. UD – UD – UD! råber hun, og hæver stokken truende – ligesom forleden dag, da hun smed familien ud.

Men de lader sig ikke kyse væk på den måde.

Manden sætter en fod i klemme i døren, og så går de ind. Magda kan ikke hindre dem.

Lad os nu snakke fornuftigt om det her, siger damen og fortæller hende nøjagtig det samme, som hendes eget barnebarn gjorde forleden, bare noget mere kontant og bestemt. Her var ikke noget at tage fejl af. Hun ville blive afhentet den 15. april kl. 9 sammen med udvalgte møbler og personlige ejendele. Man havde skønnet, at det var det bedste og eneste forsvarlige i hendes situation.

På gensyn. Vi ses om to uger. Farvel så længe og pas nu godt på dig selv.

Mikkeline, Mikkeline, min elskede datter, bare du var her nu. Du ville have forsvaret din mor og ikke fundet dig i den behandling.

10.

Hvis jeg skulle bo hos nogen, skulle det være dig – men du er jo allerlængst væk. Helt i England.

For første gang i mange år, begynder Magda at græde. Hun savner Mikkeline, og husker, hvad hun sagde, da hun blev gift og skulle rejse helt til England:

Bare rolig mor – det er jo i virkeligheden ikke så langt. Du kan næsten se over til mig, for det er jo lige på den anden side af havet. Og så kyssede hun Magda farvel og rejste for bestandigt.

Pludselig får Magda en idé. Hvorfor er det aldrig faldet hende ind før? Med det svævemonstrum hendes søn har bygget, skulle det jo nok være muligt at flyve helt til England – hvis vejret er godt, vel at mærke.

Nu får hun travlt. Hun tager en vadsæk og fylder den med de allerkæreste ejendele. Den stiller hun klar ved døren. Når de så kommer efter hende – er fuglen fløjet.

Den 15. april står hun tidligt op. Det er dårligt vejr, men det regner ikke, bare overskyet og stærk blæst. Perfekt til en flyvetur! Magda tripper ud i udhuset. Med stort besvær bliver bylten trukket udenfor huset og videre – helt hen til kanten af skrænten. Det er ikke så langt nu, som dengang, husker hun, da hun greb børnene på fersk gerning i gang med svæveprojektet. Da kan man se, hvor langt skrænten har flytte sig. Det tænker man ikke over i det daglige.

11.

Nu tager hun sin pæne frakke på og hat og handsker, for pæn må man være, når man skal besøge sin eneste datter efter så mange år. Vadsækken er ikke køn – men praktisk. Hun binder den fast om maven.

Se, det var det, så mangler vi kun selve svævemonsteret, som hun kalder det. Puha, klokken er næsten ni, så det er om at skynde sig. Hun trækker de hjemmelavede skulderstropper på og spænder remmen om maven så fast, hun kan.

Hun er klar. Så må de gerne komme!

Et par minutter efter ankommer to biler. En stor flyttevogn og en lille privatbil. Et par flyttemænd og de to fra kommunen banker hårdt på døren. De har ikke set hende – og hun er ikke der – hvor er hun så? Hun kan jo ikke være så langt væk, så de går om bag huset – og der møder dem et højst usædvanligt syn:

Magda med fuld oppakning og flyveklar.

De når lige at se hinanden et kort øjeblik – så støder Magda fra med fødderne, og vinden griber hende blidt og fører hende sejrsstolt ud over havet, hvorfra hun vinker et sidste farvel til sin elskede hjemstavn.

Men nej, ikke sentimental i sådan et stort øjeblik. Sådan føles det altså at være fugl. Tænk, at hun skulle nå at opleve det.

12.

Ude på havet tager vinden til, og nu går det stadig raskere fremad - fremad mod fremmed territorium – fremad mod Englands kyst – og godt man har det pæne tøj på, når man snart skal lande på engelsk jord og møde sin elskede og eneste datter. Magda blafrer lykkeligt med de usynlige vinger og ligner faktisk nærmest en engel.

Hun råber ad fuld hals: Mikkeline, Mikkeline – nu kommer jeg!

Og langt ude på havet flyver en havmåge forbi og sætter sig som en galionsfigur på hendes gamle, slidte hat.

MAJ - DEN FALSKE LÆGE

Hvis han havde vidst, hvor indbringende en forretning, det var at være gigolo, så var han startet op for længe siden. Det er så let at tjene pengene på ren og skær fornøjelse – kunne man jo godt sige, og det kræver ikke de store investeringer. Ej heller en momsregistrering, den kvartalsvise momsindberetning og årsopgørelse. Alt det, der hænger andre forretningsmænd ud af halsen.

Han havde bare lavet et visitkort hjemme på PC´en. Det var et lille fikst kort med dæknavn, titel, og en adresse, der ikke eksisterede. Der stod:

BENJAMIN BLINKENBERG
GYNÆKOLOG
NØDDEVÆNGET 27
TISVILDELEJE

Han overvejede at sætte foto på, men det ville jo være tåbeligt. Så kunne han jo genkendes. Nej, det andet var genialt, og ingen kunne bagefter opspore ham.

2.

Hans rigtige fornavn er faktisk Benjamin. Det var trods alt det letteste. Men til efternavn hedder han Olsen. Ha, det lyder da flot at hedde Blinkenberg, hva? Og så gynækolog, smart ikke? En læge har alle da tillid til.

Det med læge er faktisk ikke helt forkert. Han har da engang studeret til læge. Ikke fordi, han just interesserede sig brændende for at redde andre mennesker, og det ragede ham faktisk en høstblomst, hvad de fejlede. Det var nærmest ulækkert den gang, han var ude i praktik, og patienterne hostede og savlede eller havde bylder – og det, der var værre.

Men det var en af de mere indbringende professioner, han kunne komme i tanke om, og så måtte man jo tage det sure med det søde.

Så langt nåede han aldrig. Da han skulle aflevere en længere skriftlig eksamensopgave, blev det opdaget, at han havde skrevet den af, næsten ord for andet.

Og så var den karriere slut.

3.

I dag er han netop ved at gøre sig klar til den helt store tur. Benjamin ser sig i spejlet. Hold da op, hvor ser han godt ud, når han selv skal sige det, men det er der heldigvis også mange andre, der synes.

Han er ulastelig klædt i skræddersyet tøj lavet efter mål og til en superbillig pris fra en rejse til Hanoi. Uret er et Rolex kopiur fra Beijing, hvor de faldbyder dem på alle gadehjørner – tre for hundrede – OK –så siger vi fire for hundrede.

Til sidst binder han skoene, der er de fineste italienske mærkevarer – Made in Bangkok. Nå, lad os så se at komme af sted!

I dag går turen til København, nærmere betegnet Strøget og omegn. Det er maj, det er strålende sol, amoriner i luften og gang i fortovscafeerne i de gamle sidegader. Lad os se, om der er bid.

På Nikolaj Plads sidder flere enlige damer i en vis alder. Damer, som ser rimelig godt ud, velplejede, dyrt tøj, men som for længst har passeret den første ungdom. Nu sidder de her på fortovscafeén og drømmer. Drømmer om dengang de bare behøvede at se sig omkring og ligesom tilfældigt bemærke en interesseret ung mand, der prøvede at smile og fange deres blikke.

4.

Dem er der faktisk en del af, disse rige, enlige kvinder for hvem, det ikke mere er så indlysende sikkert, at skæbnen er dem gunstig.

Benjamin er en meget opmærksom observatør. Han har også rutinen, og Nikolaj Plads bliver udpeget som dagens bedste jagtterritorium. Intet mindre. Han gnider sig i hænderne, sonderer terrænet og sætter sig på den strategisk bedste plads. Nu bliver det sjovt! Han føler sig som en sportsmand inden for sin specifikke sportsgren, hvor han ville være en sikker vinder i VM, hvis den fandtes.

Sjov tanke! Han er rigtig i hopla, bestiller en drink og føler sig selvsikker og forårskåd. Nå, lad os så se på damerne!

Der sidder flere rundt omkring ved cafébordene, men de der ikke sidder alene kan udelukkes med det samme. Men skråt over for hans bord bliver han opmærksom på en lille, pæn og sirlig klædt kvinde i begyndelsen af tresserne. Hun virker lidt kedelig - eller måske snarere lidt bedrøvet. Hun har lagt en bastant make-up. Det må jo trods alt betyde noget. Han betragter hende nu intenst for at opnå en reaktion, og den udebliver heller ikke. Hun flakker lidt med øjnene, så besvarer hun hans smil og nedsvælger nervøst resten af sin vin.

5.

Han tager sit glas og rejser sig, nærmer sig hendes bord og spørger om lov til at sidde der. Det må han gerne. Hun fortæller, at hun netop er der alene – som enhver kan se – og at det ville være hyggeligt med lidt selskab.

Benjamin bestiller to stærke drinks, og nu kører det. Drinken åbner op for hendes frustrationer, og hun begynder at betro sig.

Hun har fået en kræftdiagnose for et halvt år siden, og hendes mand flyttede sammen med en ny kæreste. Hun bor i en lejlighed i Kompagnistræde – lige i nærheden. Men det var bare så trist at sidde der alene i det smukke solskinsvejr. Det gælder bare om at komme ud og nyde solen, mens man kan, sukker hun. Derfor har hun lige spist en overdådig middag og drukket en flaske vin for at forkæle sig selv lidt.

Hun virker også en smule påvirket. Benjamin tager hendes spinkle hånd besat med guldringe og trykker den let. Hun gengælder hans håndtryk og smiler beruset.

Jeg kunne forkæle dig endnu mere, hvis du vil. Det skal ikke koste dig alverden, tilføjer han med lav og kælen stemme og fastholder hendes hånd og blik.

6.

Hvad hedder du? Benjamin, siger han. Åh, du er en rigtig Benjamin. Jeg ønsker ikke andet end at blive forkælet af dig.

De aftaler en pris og går hånd i hånd til Kompagnistræde.

Hendes soveværelse er holdt i sort, hvidt og violet med velourforhæng og et langhåret tæppe foran dobbeltsengen.

Han beder om at få udbetalt det aftalte beløb inden – bare sådan for en ordens skyld. Ellers kunne han nemt glemme det, når han ser, hvor smuk hun er, siger han. Og så er der ikke mere noget, der hedder penge mellem dem. Hun nikker saligt.

De klæder sig af, åbner en flaske vin, drikker og elsker og drikker og elsker og hun kommer flere gange. Til sidst er hun fuldstændig udmattet og lykkelig.

Det er flere år siden, jeg har været sammen med en mand. Jeg var helt bange for, at jeg havde glemt, hvordan man gjorde.

Benjamin forsikrer hende om, at hun er den mest vidunderlige kvinde, han længe har kendt, og at han gerne vil besøge hende en anden dag, hvis hun har lyst.

7.

Så er der noget, jeg må spørge dig om, siger hun pludselig og rejser sig brat op i sengen.

Min bil, en blå Citroên 4, holder nede ved kanalen i parkeringsbåsene. Og nu er tiden vist udløbet Jeg tør ikke køre den hen i parkeringskælderen, hvor den plejer at holde, for jeg har drukket for meget. Hvad med dig? Er du for fuld til at køre bil nu?

Nej, jeg har jo drukket noget, men jeg føler mig slet ikke fuld. Jeg skal nok flytte den for dig. Og her er mit kort for resten, så du kan se, hvem jeg er. Hun nikker. Hun har fuld tillid til ham.

Han får adressen og nøglebundtet, klæder sig på i en fart og siger, at han kommer tilbage, så hurtigt, han kan.

Tusind, tusind tak, min egen Benjamin. Jeg lukker lige øjnene lidt imens, siger hun og kysser ham saligt farvel.

Det er næsten, som da Erik boede her endnu. Da var det også altid ham, der flyttede bilen i parkeringskælderen, tænker hun og falder i søvn.

8.

Benjamin styrter ned på gaden og finder den blå Citroên nede ved vandet. Der er endnu ikke nogen P-bøde, selvom det mindst er én time over tiden. Han sætter sig ind bag rattet, kører bilen i kælderen, vandrer tilbage til fods og stopper op ved gadedøren.

Hvorfor gør han egentlig det her? Han kunne jo så let som ingenting beholde bilen og forsvinde. Hvorfor er han pludselig så blødsøden?

Han vakler frem og tilbage og tænker på, hvad man gør med en stjålet bil for at gøre den legal. Det kunne vel nok lade sig gøre – men nej – han ved med ét, at der er grænser for, hvad selv han kan stå model til. Hun har været så tillidsfuld, og han har gjort hende så lykkelig – på sin facon – og så er hun jo samtidig dødsens syg. Nej, så hellere beholde hende som fast kunde, og hvem ved – måske kunne hun en dag testamentere bilen til ham. Ja, sådan må det hellere være. Helt lovligt. Han låser gadedøren op og løber op af trapperne til anden sal, og føler lige med ét glorien lysende svæve over hans pande.

Det er faktisk enorm lang tid siden, jeg har gjort noget godt for andre mennesker, noget uselvisk, som nu, tænker han ydmygt over denne nye erkendelse træder han ind ad hoveddøren og lister hen til dobbeltsengen. Han klapper hende på håret, prøver stille at vække hende, men ingen respons. Hun sover vel nok tungt, konstaterer han og ryster hende blidt, men hun bevæger sig ikke.

9.

Jeg har parkeret din bil, og her er nøglerne. Jeg lægger dem på sengebordet, hører du – bilen står i parkeringskælderen.

Pludselig opdager han, at hun trækker vejret tungt og ligger der uden tøj og uden dyne – præcis som da han forlod hende. Faktisk er hun meget indbydende, som hun ligger der, og han bliver pludselig enormt ophidset.

Benjamin åbner bukserne og trænger ind i den sovende krop uden at vente på, at hun vågner. Hun giver et gisp fra sig, ikke på grund af nydelse – snarere af ubehag.

Lad være, siger hun. Jeg har det dårligt. Det var måske lidt for meget for mig før – du ved – i min tilstand. STOP – HØRER DU!

Men han er lige ved at komme hele tiden, og hendes afvisning irriterer ham. Hold kæft, hvisler han, og arbejder som en besat på at få udløsning.

Hun gisper efter vejret og kæmper for at få ham væk. Det får ham til at holde hende endnu fastere som i en skruestik og pumpe voldsomt med sit lem – hårdere og hårdere – og så kom da for pokker – og nu – endelig lykkedes det. Han falder tungt og udmattet ned over hendes spinkle krop.

10.

I samme øjeblik bliver hun helt slap og mærkelig stille. Han skynder sig at trække sig ud, rejser sig og knapper bukserne, mens han betragter hende skeptisk.

Hvad er der pludselig i vejen med dig? Var det ikke godt nok? Og så ganske gratis. Før kunne du da ikke få nok. Jeg ved godt, du hører mig. Bare lad som om du sover.

Pludselig opdager han, at hun slet ikke trækker vejret, og nu rusker han kraftigt i hende, men intet hjælper. Det værst tænkelige er sket. Hun er død. Uigenkaldelig – stendød.

Benjamin bliver pludselig vred – vred på hende, der har sat ham i denne situation.

Kunne hun ikke have ventet, til hun selv havde fået den gode idé at testamentere alle sine ejendele til ham. Hvis han tager noget nu, er han bare en gemen tyv.

Det gælder om at komme ud i en fart. Måske tror de, han har dræbt hende

11.

Han bliver pludselig helt desperat. Faktisk har han dræbt hende. Han stoppede jo ikke, da hun bad om det og advarede om, at hun ikke kunne tåle mere på grund af sin sygdom. Han skulle have stoppet omgående, men det er der ikke mange mænd, der kan i den situation – i hvert fald ikke han.

Det gælder om at komme af sted. Det kan ikke gå hurtigt nok.

På den anden side vil det jo også være tåbeligt at lægge nøglerne og gå – uden noget som helst andet end – skal vi kalde det hans honorar for behandlingen.

Men hvis han tager nøglerne med, er det for farligt at låse sig ind i lejligheden senere. Og så er det for sent. Nu kan han i det mindste slippe væk, uden at nogen opdager ham.

Han putter nøglerne i lommen, for dem er der jo alligevel ikke nogen, der skal bruge nu, og så må han lige hente bilen på vejen i P-kælderen. Den er der heller ikke nogen, der vil savne. Han er godt dum, hvis han ikke gør det.

Om natten kniber det med at sove. Det var en dag, der begyndte så godt og endte så forfærdelig tragisk.

Men endnu værre, synes han, er problemet med bilen. Tør han overhovedet beholde den efter at have foretaget visse ”justeringer” – eller er det bedre helt at droppe tanken.

12.

Én ting er sikkert. De kan aldrig finde ud af, at han har været i lejligheden, så han vil aldrig blive afhørt om sagen.

Om morgenen går han ned til bageren og køber rundstykker, men da han skal betale, mangler han sin tegnebog. Øv, brummer han. Jeg kommer tilbage, men jeg har glemt min pung derhjemme.

Men der er den heller ikke. Hvor i alverden kan han have lagt den? Med ét står det lysende klart, at den er faldet ud af lommen i lejligheden dagen før, og da han ikke har skullet bruge penge indtil nu, har han ikke opdaget det.

Han må og skal hente den på stedet, inden andre kommer i lejligheden. Foruden penge ligger der jo alle former for identitetskort i den – og så er det sket. Indenfor tyve minutter står han foran den aflåste gadedør. Han tøver med at lukke sig ind, for tænk hvis der er nogen i lejligheden. På den anden side, er det hans eneste chance for at hente tegnebogen. Og hvem skulle også komme der?

Så han låser sig ind – resolut – både nede og oppe og ser til sin forfærdelse, at sengen er tom. Var hun måske ikke død alligevel – eller hva?

13.

Der er intet spor af tegnebog eller af nogen som helst tilstedeværende personer, så han vender rundt i desperation og flygter ud ad døren.

Han kører og kører for at få tankerne til at bundfælde sig. Var det alligevel ikke klogere, at han selv melder sig hos politiet, nu, hvor de alligevel helt sikkert kan finde ham. Men bilen ved de jo intet om. Det er nok vigtigt at gemme den og skrue nummerpladerne af hurtigst muligt. Som sagt så gjort. Men hvor gemmer man en stjålet bil? Foreløbig i en carport ude hos hans bror i Vallensbæk. Han er ikke hjemme lige nu. Så gælder det om at give ham besked hurtigst muligt.

Om eftermiddagen tager han hen på politistationen og melder sig. De havde allerede fået opringning fra en rengøringsdame, fortalte de. Bagefter besøgte de lejligheden og fik fjernet liget.

Pludselig bliver det hele for meget for ham. Han bryder sammen og indrømmer, at han var skyld i hendes død. Hans navn og adresse kender de jo selvfølgelig allerede fra den tegnebog, han har tabt i lejligheden.

Men politiet kender ikke til nogen tegnebog. Til gengæld har der været en opringning angående afdødes bil. Den er åbenbart parkeret hos en Ole Olsen i dennes carport.

Er det noget, du kender til?

14

.

Benjamin blegner. Ja, det er min bror.

Rengøringsdamen havde låst sig ind i lejligheden om morgenen. Hun har selv nøgle. Det var hende, der fandt det utildækkede lig, nøgent med blå mærker på armene - og tilkaldte politiet.

Men hun har slet ikke omtalt fundet af en tegnebog, så det må være et andet sted, du har glemt den.

Det gik med ét op for ham i al sin gru, at politiet slet ikke havde anet noget om hans eksistens før nu. Kun rengøringskonen kender den, men hun skal nok holde mund, for der lå et klækkeligt beløb – hele hans " honorar" i store sedler – i den forsvundne tegnebog. Således gik det til, at han blev dømt for biltyveri, voldtægt og mord og måtte langsomt se i øjnene at hin ulyksalige eftermiddag i maj satte en årelang stopper for hans ellers så blomstrende forretningsliv.

JUNI - SIAM 1 OG SIAM 2

Det er sommer, det er midt i juni og ferien står for døren. På stien oppe på volden går mange familier tur i det gode vejr med barnevogne og småbørn og hunde, der skal luftes.

Men Lani og Ludvig går helt alene og betragter en smule misundeligt de mange glade børnefamilier, de passerer. De har nemlig altid over alt i verden inderligt ønsket sig et barn, men årene er gået, og der kom aldrig noget barn.

Nu har de opgivet håbet, og da Lani alligevel snart er for gammel til at føde, anskaffer de i stedet en hvid siameserkat. Sådan en kat skulle det netop være, fordi Lani er kommet hertil fra Thailand og er blevet gift med Ludvig for mange år siden.

Hun har ikke været i sit hjemland i snart 15 år, men nu beslutter de at komme på besøg i sommerferien. Da hun er buddhist, glæder hun sig især til at gense de smukke gamle siamesiske templer.

Så køber de en flybillet til Bangkok. De opsøger hendes familie, og gensynsglæden er stor.

2.

Allerede næste dag besøger de et af de 300 templer i byen. De vasker deres fødder i en lille brønd udenfor, inden de går ind med bare fødder.

Indenfor troner den kæmpestore bronzestatue af Buddha. Bagved er der en dekoration i mørkerødt, mørkeblåt og smaragdgrønt.

Lani beder nu Buddha med brændende hjerte, om han alligevel, selv om hun snart er for gammel, vil give hende det barn, hun altid har ønsket sig. Men hun holder det for sig selv. Hun fortæller ingenting til sin mand. Dette gentager sig tre gange i løbet af den tid, de opholder sig i landet. Den tredje gang synes hun bestemt, at Buddhas læber bevæger sig i et lille smil, og hans øjne lyser lige ind i hendes. Også dette holder hun for sig selv.

Efter en måned rejser de atter hjem til Danmark og katten.

Der går nogle måneder. Men så begynder der at ske noget mærkeligt med Lani. Hun bliver tykkere og tykkere. En dag, da hun tørrer støv af inde i stuen, kommer hun til at se på den lille Buddhafigur, der står på kommoden. Den blinker til hende. I det samme mærker hun et lille bitte spark i maven, og så går det op for hende, at hun er gravid.

Ludvig bliver glad og overrasket, men også lidt nervøs, for hun er jo ikke helt ung længere. Imidlertid beslutter de sig for at glæde sig – og det gør de så.

3.

Lani bliver efterhånden meget kraftig, og lægen siger, at det er tvillinger. Så glæder de sig dobbelt så meget. Seks måneder senere føder hun ganske rigtig tvillinger, men det er ikke helt almindelige tvillinger. Det er siamesiske tvillinger, to piger, og de er vokset sammen i hovedbunden – isse mod isse.

Begge forældre bliver meget ulykkelige, og Lani er helt utrøstelig og græder dagen lang. Det er også frygtelig upraktisk, for når hun skal amme dem, må hun lægge dem til på skift, og den, der ikke kan komme til, ligger med hovedet lige ved siden af brystet og vrider sig for at nå brystvorten – og vræler af sult, indtil den anden er færdig.

På hospitalet undersøger de fænomenet grundigt, for at finde en mulighed for, på sigt, at kunne skille dem ad. Men de er nødt til at vente, til de har helt styr på, hvad der er klogest at gøre.

Som ugerne går, opdager de, at det slet ikke er selve hovedbunden, der er vokset sammen. Nu er pigernes hår begyndt at vokse, og samtidig dukker der nogle gevækster frem, som de aldrig har været vidne til før. Tiden må vise, hvordan det udvikler sig.

Og tiden går. Håret vokser og vokser, og det samme gør gevæksterne, der udvikler sig til en slags udvendige nervetråde beklædt med et tyndt lag hud. De vokser i takt med håret, og lægerne anser det for risikabelt at forsøge at skille dem ad foreløbig, så man ser stadig tiden an

4.

Lægerne trøster forældrene med, at børnene ellers er sunde og velskabte, og sagtens kan leve et næsten normalt liv, indtil man en dag har fundet løsningen på deres specielle problem.

Da de alligevel ingenting kan gøre, begynder Ludvig og Lani at glæde sig over de to yndige piger, der ligner hinanden som to dråber vand. De kalder dem SIAM 1 og SIAM 2.

Pigerne vokser og bliver meget smukke. Håret vokser også, men det er så heldigt, at væksten stopper, da den er nået til midt på ryggen. De ejendommelige gevækster vokser til samme længde som håret. Det betyder, at pigerne kan sidde, gå og ligge ned ved siden af hinanden uden problemer. En gang i imellem kommer de til kontrol på sygehuset, men alting udvikler sig normalt – bortset fra "kødtrådene", som de vælger at kalde dem, da tilsvarende aldrig er observeret før og derfor ikke har været navngivet. Eksperterne har naturligvis opfundet latinske betegnelser og skrevet lange videnskabelige afhandlinger om fænomenet på et sprog så kompliceret, at vi ikke skal referere det her.

Kan man da ikke bare snitte de tråde over, forslår en af lægerne. Nej, det er for farligt, da de indeholder visse livsvigtige stoffer, tynde nervetråde, scener m.m., og man tør ikke tænke på konsekvenserne.

Kan man så ikke klippe håret over? Nej for der er rødder i begge ender. Så hellere prøve at skalpere hovedbunden på den ene tvilling – altså med andre ord – tage håret op med rod i den ene ende, men med risiko for pågældende tvillings liv. Og hvem af dem skulle man så vælge at eksperimentere med.

5.

I mellemtiden lever SIAM 1 og SIAM 2 et næsten normalt liv. Da de fylder 19 år, bliver de begge studenter med præcis den samme karakter, for de tænker alle tanker ens, og de vil derfor også begge to studere det samme. Det er ret heldigt, for hvordan skulle de ellers kunne opholde sig på hver sit studium, når de kun kan være ét sted på samme tid?

De bestemmer sig for at blive læger med "SIAMESISKE TVILLINGER" som speciale, for hvis ingen andre kan løse deres problemer, så skal de nok klare det selv.

Imidlertid findes der på Universitetet en ung forsker, der hedder Mathias, som netop har viet sit liv til dette særlige studium. Han kender allerede til sagen om SIAM 1 og SIAM 2 fra Ugeskrift for Læger.

Nu møder han dem for første gang, da han tilfældigvis netop bliver deres lærer. De diskuterer de forskellige muligheder for operation, og han fortæller, at den nyeste forskning på området gør det muligt at snitte hår og kødtråde over, men at risikoen, for at den ene tvilling dør ved indgrebet er 50 %.

Han kontakter forældrene og snakker problemet igennem med dem, men de kan slet ikke gå ind for en så risikabel operation. Der går mange måneder, hvor man diskuterer frem og tilbage, og i den tid kommer de tre unge mennesker meget tæt på hinanden, så tæt, at Mathias forelsker sig i begge piger, og de to tvillinger forelsker sig lige meget i ham.

6.

Situationen synes håbløs. Han tør ikke råde til noget som helst, for han vil ikke være skyld i, at den ene af hans elskede dør.

En nat, hvor pigerne har tænkt de samme tanker igennem gang på gang, ved de pludselig begge to, hvad der skal gøres. De elsker hinanden og Mathias så højt, at de hver især vil ofre sig for kærligheden.

Klokken tre om natten klipper de fra hver sin side deres fælles hår og kødtråde over – og næste morgen ligger SIAM 1 død i sengen.

Samme nat sidder Mathias bøjet over sit skrivebord, og pludselig ved han, hvordan det kan lade sig gøre – uden risiko – totalt uden risiko – ja naturligvis er det sådan, det skal gøres. Han jubler og glæder sig til næste morgen, hvor han kan løfte sløret for resultatet af en årelang og tidskrævende granskning.

Men da er det for sent. SIAM 1 er død, og da Lani får det triste budskab, dør hun af et hjerteslag. Men hun var jo heller ikke ung længere.

SIAM 2 klipper sit hår helt kort af sorg over sin døde søster. Først nu ved hun, at hun har mistet den anden del af sig selv, at hun nu kun er et halvt menneske, og at hun aldrig kan gifte sig med Mathias. Det ville i så fald kun være halvhjertet.

7.

Hun gør sin uddannelse færdig og arbejder nu for "Læger uden grænser".

Men tilbage i Danmark sidder Mathias og tænker på sin store kærlighed. Hvad skulle han egentlig have gjort efter en vellykket operation – når man alligevel ikke må have to koner?

En siameserkat jamrer i juninatten...

JULI – BARN PÅ BESTILLING

Hele projektet er nøje planlagt indtil mindste detalje. Der er ikke noget at komme efter. Meget kan de sige om hende, men dum, det er hun ikke, Bolette Thomsen.

Bolette har en plan. Hun vil være mor, koste hvad det koste vil.

Hun bor i en lille lejlighed i Brændegårdsparken allerøverst oppe. Hun har snart haft den i 18 år, men i den tid har hun ikke lært nogen at kende, hverken venner eller veninder. Naboerne er altid meget venlige og hilser i opgangen, men det er det hele. Det er lidt ensomt, synes hun, og hun undrer sig over, hvorfor det er gået sådan.

Hun har ikke meget familie tilbage i Jylland, kun en bror hun sjældent ser, og så et par tanter langt ude. Forældrene er begge døde. En kæreste har hun heller aldrig haft, selvom hun som ung har været meget forelsket i naboens søn. Men han så aldrig til hendes side.

Hun har været lidt sær som barn, og i skolen sendte de hende til en psykolog, som hun havde mange samtaler med under sin opvækst. Hun gik ud af niende, fordi hun altid var udenfor fællesskabet, og efter mange år med forskellige forsøg på at tilpasse sig arbejdsmarkedet, blev hun opgivet og fik en førtidspension.

2.

Nu bor hun altså her i Brændegårdsparken, og hun er stolt af sin lejlighed. Der står BOLETTE OLSEN på et skilt udenpå døren.

Dagen går med at holde den ren og pæn, gå tur i byen og købe ind, sidde på en bænk i Brændegårdscentret og kigge på folk, der har så travlt med alle deres gøremål og passe alle deres børn, og midt i sin middelmådige tilfredshed med tilværelsen, som den nu engang arter sig, ved hun pludselig, hvad det er, der mangler for at udfylde hendes behov her i livet:

ET BARN.

Nu må det siges, at ligefrem en skønhed er Bolette ikke. Men det behøver man jo heller ikke være for at blive mor. Men selv om hun forsøger at komme i kontakt med adskillige fyre i centret, er der ikke en eneste, der har haft lyst til at røre hende med en lillefinger.

Jamen, er hun da så grim? tænker hun, og betragter sit spejlbillede indgående. Det ryster på hovedet – ikke grim – men utrolig naiv og ser ikke særlig kløgtig ud. Men spejlet må tage fejl, for dum er hun altså ikke – så nu er det, hun vil tage sagen i egen hånd!

Hendes udseende er mildest talt uheldigt. Høj og ranglet, vandblå øjne og et stort modermærke på den ene kind. - Men dum, det er hun altså ikke - så nu er det, at hun vil tage sagen i egen hånd.

Men allerførst gælder det om at forberede sig grundigt over for omgivelserne, der naturligvis ikke vil kunne undgå at lægge mærke til, at hun pludselig har fået et barn.

3.

Altså først en graviditet på ni måneder – som alle andre! Hun går ind i en håndarbejdsforretning og køber fire poser polyesterfyld. Det må være nok. Så tager hun hjem og lægger et tyndt lag i underbukserne. Fint. Det er så begyndelsen på Bolettes graviditet.

Hun har planlagt "fødslen" i juli, for da vil hun tage på ferie og besøge sin bror og svigerinde i Jylland. Det er jo så længe siden, de har set hinanden, Til dem vil hun sige, at hun er i niende måned, og når hun så kommer tilbage til Brændegårdsparken, har hun selvfølgelig babyen med.

Bolette er jublende lykkelig – tænk engang – hun skal være mor, som alle andre kvinder. Det er næsten for utroligt, til at det kan være sandt.

Månederne går, og hun bliver mere og mere kraftig. Hun ser lidt sjov ud med den lille buttede krop og strutmave. En dag bliver hun stoppet af en dame på tredje, der spørger interesseret, hvor langt hun er henne. I sjette måned, svarer hun. Nå, det bliver dejligt, hva ? Jeg kunne faktisk se det på øjnene. Man kan altid se på en kvindes øjne, når hun er gravid, ikke? smiler hun venligt og går ind i sin lejlighed.

Bolette skynder sig videre op og ind for at se sig i spejlet. Hvad mente hun mon med det, hun sagde om øjnene? Bolette kan da ikke se noget. De er præcis så vandblå, som de plejer at være.

4.

Så kigger hun på sin figur. Den er ikke til at tage fejl af. De er sikkert godt nysgerrige alle sammen for at få at vide, hvem faren er, men det kommer jo ikke dem ved, tænker hun og fniser som en teenager.

Da der kun er en måneds tid tilbage til den planlagte ferie, ringer hun og får en snak med sin svigerinde, Johanne. Men er du virkelig gravid? siger Johanne – mere overrasket end egentlig begejstret. Som den første, spørger hun, hvem faren er.

Nåh ham – det forhold blev ikke rigtig til noget, så jeg bliver alenemor. Jamen, Johanne er forfærdet, du kunne da let have fået det fjernet, udbryder hun. Men Bolette fortæller hende, at hun glæder sig så meget, og at hun ikke på noget tidspunkt har fortrudt. Nåh, det er selvfølgelig en anden sag, siger hun.

Nu kommer Bolette frem med sit ærinde. Hun spørger, om hun må besøge dem i juli og holde lidt ferie der, inden hun skal føde. Det er så længe siden, hun har været hjemme i Nørre Nørup. Leif, hendes bror arvede gården, da forældrene døde. Det kunne være dejligt at se det hele igen og holde lidt sommerferie der.

Johanne siger uden mærkbar begejstring, at hun selvfølgelig er velkommen, bare hun ikke føder midt i det hele. Hvorfor ikke hellere lidt før? Nej, det får hun slet ikke tid til, lyver hun. Der er så mange andre ting, hun skal nå inden.

5.

Godt at Johanne ikke spørger yderligere, for hun skal jo ikke noget, faktisk slet ingenting – andet end at stoppe det sidste polyesterfyld ind på maven.

Men så er det en aftale, siger Johanne og lover at hilse hendes bror Mauritz mange gange.

I den sidste tid før afrejsen har Bolette travlt, ligesom alle andre vordende mødre, med at skaffe alt, hvad man behøver til et lille barn. Hun har sat sig ned i solen og strikker tøj til den lille, og for første gang kommer folk hen til hende, og spørger venligt – eller skal vi sige nysgerrigt – til den forestående fødsel.

Hun har også været i et genbrugscenter med brugte møbler og fundet en barneseng og en barnevogn.

Hun har købt pladsbillet til toget både frem og tilbage. Den 1. juli damper hun så af til Jylland med en lille kuffert og i rigtigt feriehumør. På stationen står familien og modtager hende, Mauritz og Johanne og de tre børn. Nej, hvor er du tyk, siger ungerne. Men hun har også puttet ekstra meget fyld ind på maven, før hun tog hjemmefra. Mest fordi der ikke var plads i den lille kuffert.

Det er nu rart at se det hele igen, barndomshjemmet, skolen og landsbyen med den samme gamle købmandsbutik og så et splinternyt supermarked, DAGLIG BRUGSEN. Hver dag går hun ned og kigger for at se, om der er nogen hun kender fra gamle dage – og ja, der er hendes sidekammerat, Nina, fra niende klasse. Hende møder hun i køen ved kassen i supermarkedet, og da Nina også er gravid, sætter de sig udenfor på en bænk og snakker sammen om gamle dage og deres graviditeter.

6.

Hvornår skal du føde? spørger Nina. Her i slutningen af juli, siger Bolette, og du?

Ja, det er måske lidt før, ca. midt i juli, mener jordemoderen. Nåh, det lyder godt. Så kan jeg da nå at se din baby, inden jeg rejser tilbage. Jeg må hellere tage hjem i god tid, for man ved jo aldrig præcis, hvornår det sker, vel?

Nina giver hende ret. Hvad siger din mand til at du er væk i en hel måned? spørger hun. Åh, han er ligeglad, for vi er ikke sammen mere, forklarer Bolette, og Nina ser forfærdet ud. Stakkels dig! siger hun.

Bolette strikker stadig babytøj, og Johanne finder alle mulige gamle sparkedragter, trøjer og blebukser på loftet fra hendes egne børn. Dem kan du få. Vi skal ikke have flere børn. Bolette er henrykt, og kort før hjemrejsen vil hun sende det i en stor papkasse til sig selv nede fra posthuset. Det kan så ligge og vente på det lokale posthus hjemme, til hun selv kan hente det.

Nu fortæller de ved middagsbordet, at Nina har født lidt før tiden, men fødslen gik godt. Det blev en lille pige, og det er hendes andet barn. Det er lidt sent, men bedre sent end aldrig, for hun havde fået at vide, at der nok ikke kom flere.

7.

Det var vel nok heldigt, siger Bolette, der pludselig har fået en fabelagtig god idé.

Nina har født *mit* barn, tænker hun. Nu skal hun så bare finde ud af at hente det på det mest gunstige tidspunkt.

Hun venter en uges tid. Så går hun ned i byen og stiller sig i nærheden af Daglig Brugsen, sådan at man kan se alle, der kommer og går. Hun må vente længe, men så får hun endelig øje på Nina, der stolt promenerer sin barnevogn. Da hun er gået ind i forretningen, kigger Bolette nysgerrigt ned i vognen. Nåh, sådan ser hun altså ud. Et smukt barn, tænker Bolette tilfreds og skynder sig hjem.

De følgende dage holder hun udkig nede i byen, og hver gang ser hun Nina og barnevognen uden for supermarkedet ved elleve tiden. Hun går altså sin faste formiddagstur inden frokost hver dag på samme tid, konstaterer Bolette

Nu er gode råd dyre, for familien vil naturligvis køre hende på stationen, når hun skal hjem, og hvad gør man så? Men som tidligere nævnt – Bolette er absolut ikke dum, så hun fatter en plan. Først går hun hjem og siger, at hun føler sig lidt træt og tung i kroppen, så måske er det klogt at tage tilbage til lejligheden i god tid. Det giver både Mauritz og Johanne hende evig ret i – og ånder lettet op. Tænk, hvis hun skulle føde før tiden, mens hun endnu var hos dem. Hun bestemmer sig for at tage af sted allerede næste formiddag kl. ti.

8.

Først afsender hun pakken med børnetøj, så går hun ind på stationen og køber en returbillet til den nærmeste by på ruten samt anskaffer en togplan, og til sidst går hun tilbage og pakker sine ejendele i den meget lille kuffert. Kl. ti næste dag vinker hun farvel og tager afsked med hele familien, der har kørt hende til stationen og takker for en dejlig ferie. Så lyder fløjten, og toget afgår.

Kort tid efter holder det på den næste station, og Bolette står hurtigt af med sin kuffert i hånden. Hun går over sporene og stiller sig klar på den anden side, hvor der ti minutter efter kommer et tog i modgående retning – altså tilbage igen.

Hun står af på perronen, låser sin kuffert inde i en boks, ser på uret - klokken er kvart i elleve - og skynder sig ned i byen. Her holder hun sig skjult bag nogle buske udenfor supermarkedet, indtil genstanden for hendes interesse dukker op. Ganske rigtigt, få minutter over elleve kommer Nina og parkerer barnevognen udenfor, mens hun selv går ind for at gøre indkøb.

Nogle kunder forlader stedet belæsset med indkøbsposer. Nu ånder alt fred og idyl i den lille landsby. Bolette går hen til barnevognen, ser sig forsigtigt omkring endnu en gang, og tager nu hurtigt den sovende baby op indhyllet i et lille tæppe.

Bolette tager stien uden om byen direkte til stationen, hvor det næste tog, som hun jo også har billet til, afgår tyve minutter over elve. Fem minutter til at hente kufferten. Det går fint Hendes hjerte dunker. Kom nu tog, kom nu tog – og ja, der kommer det, langsomt tøffende imod hende og stopper på perronen. Hun springer ind og sætter sig på en plads uden andre passagerer i nærheden. Så fløjtes der til afgang, og toget kører.

9.

Nu er der endelig tid til at betragte den lille, der har sovet trygt under hele manøvren. Hun har en lyserød sut i munden og en yndig lille sparkedragt med mariehøns på. Hov, det går ikke, Bolette lægger hende på sædet, og åbner kufferten. Her ligger et helt sæt babytøj af det, hun har fået af Johanne. Hun har været betænksom nok til at anbringe det klar til omgående omklædning.

Det går rigtig godt, tænker hun. Den lille er stadig søvnig, men hvis hun skulle blive sulten, er der også råd for det. Hun har tænkt på alt. Hun har købt en sutteflaske og fyldt den med mælk. Alt babyens eget tøj ligger nu i kufferten.

Det er en lang tur hjem, og det er meget varmt, en af de rigtige julidage med hedebølge og vindstille udenfor. Hun sveder, så vandet driver. Nu kommer der nye passagerer på, og der er ved at blive fyldt op i kupéen. Pludselig opdager hun, at en dame, der sidder overfor hende, kigger så mærkeligt på hende. Hvad er der galt med hende? Har hun aldrig set nogen svede før? Gør hun det måske ikke selv?

Nu smiler damen overfor og spørger: Undskyld, men er det dit barn? Bolette bliver til sin ærgrelse helt rød i hovedet. Ja, naturligvis, hvorfor spørger du om det?

10.

Åh, jeg tænkte bare, at du ligner én, der er i niende måned og kunne føde når som helst. *Hjælp!* I skyndingen har hun glemt "maven".

I stedet for at svare hende, mister hun fatningen, tager barnet og kufferten og går ind i næste kupé, men nu er alt optaget. I virkeligheden drejer det sig om rigtig hurtigt at få fjernet den tykke mave, hun render rundt med. Den er blevet sådan en vane, at hun helt har glemt den. Nu – ud på toilettet og pille alt fyldet ud. Og hvor gør man så af det? Ud af vinduet, selvfølgelig,

Hun ser det blafre i vinden over markerne, og det ser højst mærkværdigt ud. Det er der nok også andre, der synes.

Hun bliver siddende inde på toilettet, for nu er det vel nok pinligt at vise sig igen uden mave, hvis hun skulle være så uheldig at støde på samme nysgerrige dame. Den lille begynder at klynke, og hun finder straks flasken frem. Bagefter skal hun bøvse og skiftes, og nu begynder folk at tage i døren til toilettet.

Er der nogen derinde, spørger en stemme Jeg har stået og ventet så længe. Bolette er nødt til at komme ud. Jamen, kære ven, sidder du her ude med babyen? Det er damen, der tiltalte hende før. Hun svarer ikke og går ud på gangen, hvor hun står og vugger den lille i sine arme hele resten af vejen hjem.

Idet damen kommer ud fra toilettet, opdager hun til sin rædsel, at Bolette nu står der helt uden mave overhovedet. Hvordan skal mon det forstås? Men denne gang spørger hun ikke om noget.

Pyh ha – sikke en forfærdelig tur. Bolette har intet spist selv, og der er ikke mere mælk i sutteflasken, og barnet trænger til ny ble og græder konstant Hun er ved at falde om på gulvet af træthed og ophidselse. Nu gælder det bare om at komme hjem i en fart.

Hun småløber hele vejen fra stationen og hjem til Brændegårdsparken. Så låser hun sig ind og lægger den lille bylt fra sig på sengen. Først skiftes, så ny flaske – og endelig fred og ro, og hun kan putte sin egen baby i dens egen seng.

Hun kaster sig udmattet i sofaen med en mad og en kop kaffe og tænder for fjernsynet. Efter et stykke tid kommer der TV-avis. De bringer en efterlysning!

Et barn er stjålet fra en barnevogn i Nørre Nørup uden for Daglig Brugsen. Politiet har modtaget en opringning fra en dame, der har observeret en mentalt forstyrret kvinde, der rejste med samme tog som hun selv og med en nyfødt baby på armen. Kvinden optrådte først med stor gravid mave, hvorefter hun senere på turen pludselig viste sig at være helt slank. Det forekom hende at være mistænkeligt.

Vi bringer et signalement af kvinden: 45-50 år, et modermærke på højre kind, vandblå øjne, lille, temmelig buttet, kommunefarvet hår og iført mørkeblå kjole med hvide prikker og medbringende en lille sort kuffert.

Hvis nogen har kendskab til eftersøgte, bedes man kontakte politiet omgående.

11.

Bolette slukker for fjernsynet. Nu kan det være nok. Kan man så få lov at få fred – og så oven i købet efter sådan en anstrengende tur.

Hun klæder sig af og lægger sig ved siden af barnet, der sover trygt i den lille barneseng.

Nu begynder tankerne at køre. Først må hun naturligvis allerede i morgen tidlig dække begge kinder med rouge, for at man ikke skal se modermærket. Så tror folk bare, at hun er blevet lidt forbrændt i solen på ferien.

Men hun er helt rolig. Alt er jo gennemtænkt, og der er ingen, der kan genkende hende efter det signalement. Hun er selvfølgelig ikke så dum at tage den blå kjole med hvide prikker på igen. Godt nok ærgerligt, for den er nu så sød.

Dernæst gennemgår hun visse problemer for fremtiden, problemer hun ikke før har gjort sig klart. Hendes lille ønskebarn vil jo blive papirløst hele resten af livet. Hvordan takler man det?

Hun behøver jo ikke at gå i børnehave, men hvad så med skole? Hun kan heller aldrig få et CPR-nummer og pas, og hun kan aldrig blive gift og hendes eventuelle børn vil være i samme situation. Puh ha! Det bliver problematisk!

12.

Måske kan hun gå på kommunen og sige, at hun har født hjemme i lejligheden. At det gik så hurtigt, at hun selv måtte klare fødslen helt alene. Det gjorde naturfolk jo også før i tiden – så, ja, det må hun gøre. Hun har faktisk ikke noget valg, hvis hun ikke fremover ønsker et papirløst barn. Hun skal jo også navngives, og hvad skal hun så hedde?

Hun bestemmer sig for at kalde hende ANITA.

Nu begynder den lille at blive urolig igen. ANITA, siger hun med høj stemme. Så sover vi! Det er midt om natten, og da skal man ikke have mad. Det må du lære, siger hun strengt.

Men Anita begynder at hyle hjerteskærende, så det er ikke meget søvn, Bolette får. Men lære det skal hun – først som sidst. Så hun tager ørepropper i ørerne og lader baby være baby.

Næste morgen er hele sengen våd, og hun har afføring op til begge ører. Anita er helt opløst af gråd. Det er sandelig ikke en lækker opgave, jeg er kommet på, siger Bolette halvhøjt, og skifter og renser barnet. Så får hun en ny omgang sutteflaske med kold mælk.

Anita kan ikke tåle den kost og får ondt i maven, så nu hyler hun igen. Utaknemmelige skarn, udbryder Bolette, men hun skal nok få hende opdraget med tiden. Hun har selvfølgelig startet sit korte liv i Nørre Nørup med at blive overforkælet af sin tidligere familie. Men nu skal der andre boller på suppen. Langt om længe falder den lille udmattet i søvn.

13.

Hun sætter sig ind til fjernsynet og ser TV-avisen kl. 9. Nu snakker de igen om et forsvundet barn: Politiet er på sporet, men vil af sikkerhedsmæssige årsager endnu ikke udtale sig om deres begrundede mistanke. Vi vender tilbage med nærmere oplysninger om bortførelsen i middagsudsendelsen.

Nu ringer det på hoveddøren! Bolette undrer sig. Der er aldrig nogen, der ringer på hendes dør for at besøge hende – men måske er det naboerne, der gerne vil se Anita.

Hun åbner – og udenfor står to betjente: Undskyld, men opholder der sig et barn her i lejligheden, spørger de.

Bolette ryster på hovedet. Det kommer i hvert fald ikke dem ved, tænker hun.

I det samme lyder der høj barnegråd inde fra soveværelset.

Klokken er 9.25 og De er anholdt! siger de. Den ene løfter barnet op. Den anden lægger håndjern på Bolette og fører hende ud for øjnene af alle de undrende naboer ind i den holdende politibil.

Således endte Bolettes første "fødsel" – men rolig - det bliver ikke den sidste, lover hun sig selv.

AUGUST - EN ARVEHISTORIE

Det er august. Kornet står gyldent på markerne, og solen stråler fra en skyfri himmel og modner frugter og bær.

HURRA!

Så begynder livet på ny. Katrine hopper højt i vejret af glæde, for hun har lige fået brev fra VUC, at hun er optaget på HF og skal begynde på mandag. Hun har været så nervøs for, at der ikke var plads. Hun skulle nemlig have søgt allerede inden sommerferien, men dengang skete der så meget, og så blev det ikke til noget.

Katrines attenårige liv har ikke altid været let. En far der var alkoholiker, og forældre der altid skændtes hele hendes barndom. Det var så flovt, når man havde kammerater med hjem fra skole.

Hendes lillebror Benny, blev mere og mere vanskelig, pjækkede tit og gad ikke være hjemme. Han og nogle andre drenge var sammen hver dag, og når hun prøvede at finde ud af, hvad de egentlig lavede, kom det ikke hende ved, sagde han. Hun skulle bare blande sig udenom. Han var slet ikke til at tale med mere, fræk og irriterende, og når hun skulle være helt ærlig, interesserede det hende faktisk heller ikke. Det var ikke sådan en lillebror, hun havde ønsket sig.

2.

En dag ringede telefonen, og mor tog den. Katrine kunne forstå på samtalen, at det var politiet. Mor græd bagefter og fortalte, at det var Benny, der var blevet snuppet i Super Brugsen sammen med fire kammerater. De havde stoppet alle mulige ting ind på maven og i lommerne men var blevet opdaget, da de kom op til kassen. Så nu skulle hun komme ned til nærpolitiet og hente ham. Han var kun elleve år dengang.

Da far kom hjem fra værtshuset, blev der ballade. Først fik Benny så mange bank, at han ikke kom i skole resten af ugen. Da mor ville stoppe ham, blev det hendes tur, for det var jo hendes skyld, at hun ikke passede ordentligt på, hvad knægten gik og lavede. Mor fik et blåt øje og kom ikke på sit rengøringsjob i børnehaven næste morgen. Heller ikke næste dag, for det var stadig hævet og blåt. Hun kunne ikke gå uden for en dør, så Katrine måtte sørge for indkøbene i de dage.

Da lignende situationer desværre forekom lidt for tit, blev mor fyret i børnehaven. De sagde, at de ikke kunne have en rengøringsassistent, man ikke kunne regne med. Mor fortalte aldrig, hvorfor hun forsømte sit arbejde.

Da Benny kom tilbage til skolen, havde han stadig blå mærker på kroppen, og gymnastiklæreren spurgte, hvad der var sket. Benny sagde, han var faldet, men det var der vist ikke nogen, der troede på.

3.

Nu havde de ikke mange penge at leve for. Tidligere var det mor, der sørgede for, at de penge, hun tjente, gik til mad. Men nu var de begge to arbejdsløse. Far drak som aldrig før. Han var ikke meget hjemme, men når han var, skulle man passe på, hvad man sagde. Det gik næsten altid ud over mor.

En dag, da der ingen penge var til indkøb, fik de grød. Som sædvanlig kom far hjem og var i dårligt humør og brokkede sig over maden. Så mistede mor tålmodigheden, Hun råbte, at han jo ikke havde givet hende nogen penge til mad, men penge til druk – det var der altid!

Det, der skete bagefter gik så hurtigt, at Katrine dårligt nåede at registrere det, men i hvert fald lå mor på gulvet med blodet fossende ud af baghovedet.

Far brølede, at hun skulle rejse sig op, lade være med at spille komedie, sådan en møgkælling, hvad bildte hun sig ind!

Men mor blev liggende.

Da ambulancen kom, var hun død. Far blev anholdt af politiet kort efter og fængslet for hustrudrab. Benny kom i familiepleje og Katrine på en ungdomspension.

Det skete i august for præcis ét år siden. Den august måned var den sørgeligste tid i Katrines liv, Mors begravelse, far i fængsel, Benny hos vildt fremmede mennesker, og selv om hun tit havde været vred på ham, var han trods alt hendes bror.

4.

Og så ungdomspensionen, hvor hun nu bor og slet ikke bryder sig om at være.

Hun drømmer om at leve sit eget liv, få sin egen lejlighed, sin egen mand og sit eget barn. Men så er det også vigtigt at komme videre med sig selv. Hun blev færdig med 10. Klasse i juli forrige år og ville gerne fortsætte i gymnasiet, men det blev der ikke noget af.

Ud og arbejde, sagde far, så du kan tjene nogle penge selv. Det er vel ikke mere end rimeligt, når vi har forsørget dig i sytten år.

Hun fik job i en grillbar, hvor de bruger unge under atten år som billig arbejdskraft. Der har hun nu været et år, men for en uge siden, da hun fyldte atten, blev hun fyret. Hvad nu?

Så var det, hun kom i tanke om at prøve at søge ind på HF, hvis det ikke var for sent, og nu skal hun starte på mandag. Det er det nye liv – og det skal blive godt. Det er den første vigtige beslutning, hun selv, helt alene, har taget i sit voksenliv. Et voksenliv, der indtil nu, kun har varet i en uge. Den næste beslutning er at flytte på værelse og bo helt alene, lige så snart, hun får sin første SU. Det gælder om at ryste fortiden af sig. Hun, Katrine, skal vise dem alle sammen, at hun kan selv.

De er vel nok søde, de nye klassekammerater, tænker hun, da hun kommer hjem fra skole mandag eftermiddag. Hun er heldig. Hun sidder sammen med en køn rødhåret pige, der hedder Linda. De kan sikkert godt blive gode venner. Der er flest piger. Der er faktisk tolv. Flere er på samme alder, som hun selv, men der er også nogle lidt ældre imellem. Ligesådan med fyrene.

Der er otte i alderen atten til fyrre. Det er mærkeligt, pludselig at gå i skole med sådan nogle gamle nogen.

Ham, der ser bedst ud, er otteogtyve. Han hedder Per. Han er faktisk en rigtig flot fyr, og han kiggede på hende flere gange og smilede til hende. De andre fyre er ikke så spændende, men der er rift om dem alligevel, kan hun se. Pigerne snakker ivrigt med dem i pausen. Sådan er det, når der ikke er så stort udvalg. De talte allerede om at arrangere en fest på lørdag, så de kan blive rystet sammen. Den skal holdes hos Bettina. Hun er femogtredive og har en stor lejlighed på fire værelser. Katrine ser frem til weekenden.

Bettina har lavet mad, og Linda har hjulpet hende. Det har vist været et stort arbejde, og alle skulle betale halvtreds kroner. Man måtte selv medbringe drikkevarer, men det er jo meget normalt.

Ved bordet skynder Henrik sig at sætte sig ved siden af hende og Linda. Det var ærgerligt. Hun havde håbet at få Per til bords. Hun er vist blevet lidt lun på ham, er hun bange for, og man kan jo ikke sige til Henrik, at han er dødkedelig, fed og ulækker, men ellers meget rar. Nej, hvor er hun grov at tænke sådan. Han er god nok, bare ikke hendes type. Det værste er, at Per har sat sig ved siden af Linda.

5.

Efter maden og masser af vin sætter Bettina en CD på, og så begynder de at danse. Alt går, som hun ønsker. Per er også lun på hende, og kl. 4 om morgenen havner de hjemme hos ham. Han har en lille lejlighed med smarte, moderne møbler, computer og et fedt stereoanlæg. Alt er tjekket og ser meget dyrt ud. I soveværelset står den største dobbeltseng, hun nogensinde har set. Den har jeg fået bygget specielt, siger han og slår galant ud med armene som en verdensmand.

Næste morgen tænker hun, at det ikke var sådan, det skulle have været. Hun var jo ikke vant til at drikke. Hvis hun ikke havde været så fuld og forelsket, så ville hun da hellere have ventet med at komme hjem til ham. Det går alt for hurtigt, det her. Hun kender ham jo næsten ikke. Hun ved ingenting om ham, og hun var for fuld til at spørge. Han spurgte heller ikke hende om noget. Ja, men han var da sød ved hende og sagde så mange smukke ting, som hun havde brug for at høre. Den slags var hun ikke vant til. Han syntes ikke, hun skulle bo på ungdomspensionen. Hun kunne jo bare flytte hen til ham.

Det lød fristende, men hun ville nu hellere se tiden an og selv finde et værelse. Det var jo det, hun havde lovet sig selv, at leve sit eget liv nu – og ikke være afhængig af nogen som helst.

Dagene går, og de ses hver dag, men altid kun hos ham, for hun kan jo ikke sådan have gæster på ungdomspensionen. I hvert fald ikke sådanne voksne mænd som Per – og slet ikke om natten. Han er heller ikke rigtig interesseret i at komme der.

6.

Han fortæller hende nu, at han har arbejdet i en radio og tv-forretning men holdt op, fordi han ville studere. Han lever nu af SU, ligesom hun gør. Katrine kan bare ikke forstå, hvordan han har råd til at have en dyr lejlighed, en lækker bil og altid penge på lommen.

Han siger, at han har sparet op for at have råd til at læse, og hun er virkelig imponeret. Han vil være ingeniør, og så kommer man til at tjene rigtig mange penge.

I weekenden kører de ud på landet. Kornet er gult, og mange steder er det ved at blive høstet. Det er stadig varmt. De går ind i en kornmark, hvor kornet står så højt, at man kan gemme sig i det – og det gør de. Katrine har aldrig før følt sig så lykkelig som nu. Han fortæller hende, at han elsker hende, trygler hende om at flytte sammen med ham, til hun til sidst siger ja.

Det er mærkeligt at pakke alle sine ting i papkasser og sige farvel til dem alle på ungdomspensionen. Hun fik aldrig rigtig et tæt forhold til dem. For hende var det bare en tvangsanbringelse, fordi tingene hjemme gik som de gik.

Det er derfor med en vis lettelse, hun forlader stedet, men samtidig med en følelse af usikkerhed på det nye. Det er jo heller ikke hendes sted. Det er hans. Det er ikke et hjem, de har bygget op sammen, og desuden er hun jo meget ung, for ung til at binde sig allerede. Men de er jo glade for hinanden. Det skal nok gå. Det er bare så nyt alt sammen.

7.

Der er ikke rigtig plads til de få møbler, hun har, siger han. De kommer ned i kælderen. Desuden passer de jo heller ikke så godt sammen med hans, kan hun jo nok se. Hun kunne ellers så godt lide sit arbejdsbord, hvor hun altid plejer at sidde og lave sine lektier. Men Per har et rigtig smart skrivebord. Der kan hun være, når han ikke bruger det. Der er ikke plads til to personer på én gang.

Hun får nogle hylder i et skab, hvor hun kan have sine personlige ejendele, her lægger hun bl..a. den eneste ting, hun arvede fra sin mor, en bog om børneopdragelse, som moren fik, da hun blev gift - og allerede var gravid. Den skulle de have studeret lidt mere grundigt, synes hun nok. I klædeskabet er der i forvejen godt fyldt op. Det eneste sted, der er rigtig meget plads, er i dobbeltsengen. Der kunne sagtens ligge tre eller fire.

Hun kan ikke undgå at føle sig en lille smule såret over, at han tilsyneladende ikke bryder sig om hendes ting. Det er jo netop det eneste fra hendes fortid, hun gerne ville beholde. Men hun siger ingenting. Han kan vist mærke, at der er noget galt, for han skynder sig at fortælle, at han har planer om, at de snart skal have en større lejlighed, og så køber han nye ting til hende. Hun undrer sig. Forstår han da ikke, at det er lige præcis de møbler, der nu står i kælderen, hun holder så meget af. Fordi det er en del af hende selv. Og for resten, hvor får han egentlig penge fra til ny lejlighed?

8.

Han klapper hende på håret på sin sædvanlige charmerende men lidt overlegne facon og siger, at hun ikke skal bryde sin hjerne med alle mulige ligegyldige spekulationer.

Det er en af de sidste dage i august. Hun sidder ude på altanen i solen og kigger ned i gården. Der er mange træer og blomster og bænke, man kan sidde på. Når vejret har været godt ligesom i dag, sidder hun altid og laver lektier udenfor. Det er bedre end at bruge hans skrivebord, hvor hun føler, hun optager hans plads, hvis nu han gerne selv ville sidde der. Men hun synes nu ikke, det er ret tit, han bruger det. Jo, til computerspil, men ikke til lektier. I det hele taget laver han ikke så meget hjemmearbejde, og tit møder han uforberedt i skole. Det er begyndt at irritere hende lidt, for hun vil gerne have en god eksamen, og det morer hende også at gå på skolen. Det er dygtige lærere, de har, og hun kan mærke, hun klarer sig godt.

Hun sidder lige nu og tænker på et par problemer, hun meget gerne vil snakke med ham om. Det har bekymret hende en del, efter at hun er flyttet ind, at han drikker temmelig meget hver aften. Før troede hun at det var, fordi de var sammen, og det var nyt og romantisk, men nu er det som om, de allerede efter kort tid kører hvert sit løb. Han drikker i stedet for at læse lektier, og han bliver ved, til han er fuld og lidt dum, synes hun. Hun drikker aldrig selv til daglig. Han fortæller hende, at sådan gør voksne mennesker, men hun er jo ikke så gammel endnu.

9.

Men det koster mange penge, og så mange har de jo ikke, siger hun. Det skal hun ikke bekymre sig om, svarer han altid. Han har penge.

Men i dag har hun endnu et problem. Hendes menstruation er ikke kommet. Naturligvis ved hun godt, hvad det kan betyde, men det her er alt for tidligt. Hun kender ham jo dårlig nok. Han er sød ved hende. Han siger, at han elsker hende, men der er stadig så mange ting, hun gerne vil vide om ham.

Solen skinner varmt lige ind i ansigtet og kærtegner hendes kinder. Hun smiler ved tanken om at skulle være mor. Hun har jo i virkeligheden altid ønsket at få et barn, som hun skulle opdrage på en helt anden måde, end den hun kendte hjemmefra. Hendes barn ville få en tryg opvækst og masser af kærlighed – alt det, hun ikke selv havde fået, Og det skulle have nogle forældre, det kunne være stolt af, forældre med en god uddannelse, et godt arbejde og aldrig nogensinde arbejdsløse. Og sådan nogle forældre ville hun og Per jo blive. Mønsterforældre!

Pludselig står Per i døren. Han har været væk i mange timer. Det er han tit. Han har besøgt nogle venner, siger han. Nogle venner i Valby Men hvad sidder du og tænker på – og hun får et stort kys på munden. Han er glad. Han er i godt humør. Det er nu, det skal siges.

De går ind i stuen, og han åbner en flaske whisky og hælder op i to glas. Nej tak, ikke til mig, siger hun. Jo, jo, der er noget, vi skal fejre. Jeg har gjort en god forretning, fortæller han. Jeg har hjulpet en af mine venner med en salgsopgave, og så får jeg naturligvis procenter, det er klart. Så får vi råd til at flytte. Han tager hende om livet og trykker hende ind til sig. Hun trækker sig forskrækket tilbage.

10.

Hvad er det med dig? Er du ikke glad? Spørger han og skyller et glas whisky ned i én mundfuld. Katrine fortæller ham nu, at hun måske er gravid. Der bliver stille et par minutter. Sig mig, tager du ikke P-piller? Spørger han. Hun ryster på hovedet. Jeg ville netop til at begynde på det. Jeg har jo ikke haft en fast kæreste før. Hun begynder at græde. Han trøster hende og siger, at det skal de nok klare. Han er så glad i dag, at det her i hvert fald ikke skal ødelægge hans gode humør.

Han fortæller, at han har chance for at skaffe mange penge i den kommende tid, og når hun skal føde til foråret, så er de nok flyttet til et meget fint sted med børneværelse til den lille, og han foreslår, at de skal skåle sammen for det nye lille barn, som Katrine har i maven.

Den aften får hun ikke lavet sine lektier.

Næste dag har Per igen meget travlt. Der er noget vigtigt, jeg skal ordne, siger han. Måske ser du mig først sent. Jeg må pjække fra skole i dag. Det er trods alt penge, det drejer sig om her i livet. Uden dem kan vi heller ikke give vores barn en god opvækst.

Han giver hende et kys og siger, at når han kommer hjem, skal de snakke om, hvornår de skal giftes.

11.

Katrine bliver så lykkelig, at hun helt tilgiver ham, at han igen blev fuld og dum i går, og at han ikke kommer i skole i dag, Men han tager det alvorligt med barnet, tænker hun. Hvor er han dejlig! Han bliver garanteret alle tiders far.

I skolen spørger de, hvor Per er. Han har influenza og høj feber, lyver hun. Selv har hun det ikke for godt.

Katrine har været hos lægen, og den er god nok. Hun er gravid. Det er lidt tidligt. Hun er kun 18 år, men hvad gør det. Per vil jo gerne giftes med hende. Så bliver de en rigtig familie, som hun altid har ønsket sig. Far og mor og barn! Hun smiler lykkeligt. Og så har de oven i købet en god uddannelse begge to. Hun har endnu ikke helt bestemt, hvad hun vil være, men det skal være noget med mennesker, måske sygeplejerske eller lærer. Men der er god tid. Foreløbig gælder det HF, og det er svært nok, når man har kvalme hver morgen.

Hun er begyndt at blive bekymret for Per. Han kommer ikke så meget på skolen mere, fordi han altid har så mange forretninger, han skal ordne. Han bliver dødirriteret, når hun bebrejder ham det, for det er jo ikke en børneskole, som han siger. Han er otteogtyve, og de skal ikke bestemme over ham. Han har jo selv frivilligt valgt at gå der.

En aften, hvor hun har siddet længe oppe og ventet på ham og faldet i søvn ved fjernsynet, ringer telefonen. Det er politiet. De spørger efter Per. Hun fortæller, at han ikke er hjemme. Hvor er han? Ude hos nogle venner i Valby, siger hun. Hvad hedder de, og hvor bor de? Det ved hun ikke.

12.

Da Per kommer hjem, er han meget fuld. Hun skynder sig at fortælle, at politiet har ringet, og hvad de spurgte om. Og hvad sagde du så? At du var ude hos nogle venner i Valby. Sagde du det? råber Per helt blå i hovedet af raseri. Hun har aldrig set ham sådan før. Din sladrekælling! brøler han, og i næste øjeblik slår han hende med en knytnæve i ansigtet, så hun styrter om på gulvet. I faldet rammer hun hovedet ind i bordkanten - og besvimer.

Da hun vågner op med mange smerter i baghovedet, er Per væk. Hun vakler ud i badeværelset for at vaske såret og ser sig i spejlet. Hun har fået et stort blåt øje. Hun kan simpelthen ikke gå i skole med det øje. Og hvor er Per? Sikkert hos vennerne i Valby. Hun græder som aldrig før – eller rettere – som hun ikke har grædt i et helt år – siden sidste august.

Pludselig står han i døren. Han har låst sig ind, uden at hun har hørt det, og nu kaster han sig ned foran hende og græder sammen med hende. Han undskylder, det var nerverne, der slog klik, det skal aldrig ske mere, hun er det bedste, han ejer i hele verden. Og hun ved jo, han elsker hende. De skal giftes, og de skal have det barn sammen. Kan hun tilgive ham?

Det med politiet var en misforståelse. Det er ordnet. De stod faktisk og ventede på ham, da han kom ned på gaden og tog ham med til afhøring, men da de ikke kunne bevise noget, slap de ham fri igen.

Hun ser overrasket op. Jamen har du da gjort noget kriminelt? spørger hun. Nej,nej, jeg siger jo, det var en misforståelse det hele. Men det var derfor, jeg blev så forskrækket. Det må du forstå. Han tager om hende og stryger hende over håret

Kan du tilgive mig? Så løfter han hende op og bærer hende ind i sengen –
og hun tilgiver ham – endnu en gang.

13.

Det er august. Kornet står gyldent på markerne. Solen skinner fra en skyfri himmel og modner alle frugter og bær.

Katrine sidder på altanen og ammer sin lille pige. Hun løfter hende op og kysser hende på håret. Det er mørkt ligesom hendes fars. Hun klukler og siger små veltilfredse lyde. Udenfor går børnene i skole. Det er første skoledag for dem – og også for HF-erne. Men Katrine kommer ikke. Hun stoppede før fødslen i april, og nu kan hun ikke starte på andet år sammen med sine kammerater. Hun kan heller ikke nå at starte forfra i år, for Malene er kun godt tre måneder. Så må hun vente til næste august. Hun ser trist frem for sig. Hvor tiden dog går!

Per sidder i fængsel. Dømt for tyveri af B&O apparater fra hans gamle arbejdsplads. Hun var helt alene om fødslen. Der var heller ingen at komme hjem til bagefter, og nu kommer han snart ud. I slutningen af august.

14.

Hun tænker på, at hun kan nå at flytte, inden han kommer hjem. Hun kan rejse helt til Jylland og bo et helt nyt sted, som han ikke kender. Men hun tør ikke, for han har sagt, at ligegyldig hvor hun flytter hen, så vil han altid kunne finde hende, og hun er hans – ligesom bilen og alle de smarte møbler i stuen, stereoanlægget, computeren og den alt for store dobbeltseng. Og nu barnet! Det er vel også hans datter....

Man kan ikke flygte fra kærligheden, siger han – men hun elsker ham ikke mere. Det tør hun bare ikke fortælle ham. Han kan blive helt utrolig rasende, og hun frygter for følgerne. Hun er jo ikke alene. Hun har ansvar for et lille barn. Et til tider meget tungt ansvar.

Hun ser ned på den lille. Hvilket liv venter hendes datter?

Malene begynder at græde. Katrine løfter hende op og trykker hende ind til sig, men hun kan ikke få hende til at holde op. Hun har nok kolik igen.

Hun bærer hende ind i dobbeltsengen, lægger sig ned og græder – græder som hun ikke har gjort i meget lang tid, ja helt siden sidste august – og sammen græder de sig ind i søvnen.

SEPTEMBER - ET STÆVNEMØDE

Når man kommer gående ned ad Birkevænget, kan man ikke undgå at lægge mærke til den særprægede have i nr. 27. Ikke fordi den er større end de andre haver. De er alle lige store. Det er husene også. De er nøjagtig ens. Det er nemlig rækkehuse bygget sammen to og to, så de har en mur til deling.

Nej, man lægger mærke til nr. 27, fordi der er så mange blomster og frugttræer, ribs, solbær, stikkelsbær, jordbær og naturligvis også krydderurter og grøntsager. Det er utroligt, der kan være så meget på sådan en lille grund.

Der er heller ikke plads til en græsplæne, det er klart. Det er nu ikke vigtigt for Liva. Bare hun har alle sine planter – og så naturligvis alle sine katte, Dem havde jeg nær glemt. De er ellers ikke sådan at overse. I øjeblikket er der kun toogtredve, men det svinger meget. Det kommer an på, hvor mange killinger, der bliver født, og hvor mange der bliver kørt over i trafikken ude på motorvejen. Ja, der er desværre en motorvej lige bagved rækkehuskvarteret. Det er farligt for både børn og katte.

En dag var der en dreng, der blev kørt ned af en lastbil. Han skulle hente sin fodbold, som en kammerat havde sparket væk. Hele kvarteret sørgede, for her kender alle hinanden, og der er mange børn. Liva kan bare ikke forstå, at de ikke deler hendes sorg, når hun mister en af sine katte.

2.

Liva har ingen børn og ingen mand. Det har hun aldrig haft. Hun er 43 år. Hun kunne faktisk godt nå det endnu, begge dele, og engang imellem tænker hun på, at det ville være rart at have en anden person at snakke med eller et barn, der skulle have mad og klædes på hver dag. Det sidste synes hun nu kunne være vældig spændende. Så skulle det være en lille pige på 5 år. Hun skulle helst ikke være større. Nej, 5 år ville være en passende alder. Så var hun ikke så fræk endnu. Så gjorde hun, hvad man sagde til hende, og så skulle hun selvfølgelig have lange slangekrøller og smukke kjoler på hver dag. Hun måtte naturligvis ikke grise sig til. Liva smiler ved tanken. Hun kan nå det endnu, tænker hun. Men så er man jo også nødt til at have dem som babyer først, og de skriger og skal hele tiden have ren ble på og sutteflaske. Hun ved jo også godt, at de vokser. Og bliver store, og hvis der er noget, hun ikke gider, så er det at have en teenager med problemer. Dem har hun nok af selv.

Nej katte, det ved man er. De kommer og kæler og beder om mad. Bagefter sover de. Men en mand! Det var måske ikke så dårligt alligevel.

Liva arbejder i haven hver dag. Den skal være perfekt. Intet ukrudt og ingen visne blomster. Mens hun vander planterne, tænker hun på, hvad hun skal spise til aften. Hun kan jo tage en dåse kattemad med lever og and. Den holder hun mest af. Så blander hun den i en gryde med gulerødder og persille fra haven. Herligt måltid! Der er bare så kedeligt altid at sidde alene og spise, når man har lavet sådan noget lækker mad.

3.

Endnu engang drømmer hun om en mand. Men det er ikke så let. Hun har faktisk aldrig nogensinde haft en ven, og hun begynder at spekulere over hvorfor. Hun tager et par gulerødder og et bundt persille med ind. Sund mad, tænker hun, Jeg lever altid sundt ligesom mine katte. Jeg køber altid den bedste kattemad til os.

Hun tager sit snavsede arbejdstøj af og vasker hænderne i badeværelset. Bagefter går hun ind i soveværelset og stiller sig foran det store spejl, der sidder på skabsdøren. Her kan hun se sig selv i hel figur. Egentlig ser hun da meget pæn ud, når hun selv skal sige det. Hun har gult, permanentet hår. Det ser fint ud, når det krøller, synes hun. Det har en mørkere farve i bunden, men det er bare fordi, hun har afbleget det med noget, der hedder "platinblond". Det er meget flot, så ser man yngre ud, men man skal bare huske at gøre det tit. Det har hun glemt. I morgen køber hun en ny tube.

Så kigger hun på ansigtet. Den dobbelthage pynter ikke, men det handler jo bare om at spise noget mindre. Ja, det gælder for øvrigt også resten af kroppen. Men mange mænd har jo ikke noget imod buttede kvinder, så det skulle jo ikke være det, der afholdt fra at finde en mand. Hun smiler opmuntrende til sit eget spejlbillede og blotter derved en række mere eller mindre sorte tænder med flere mellemrum, fordi hun har tabt en del af dem allerede for flere år siden. Hendes hud er meget rynket af al den sol, hun får udenfor med alt det havearbejde. Heldigvis har hun da noget cremepudder, som hun engang har købt i Matas. Så kan man da sagtens dække det. Mon det duer endnu? Det har vist ligget i 10 – 15 år. Men sådan noget, bliver sikkert ikke for gammelt.

4.

Nu er hun efterhånden fast besluttet på at få en mand. Ja, det er nu, det skal være. Lige nu, og han kan lige så godt begynde i dag som i morgen. Maden må vente. Hun skynder sig ned til kiosken og køber en avis. Det gør hun ellers aldrig, for hun synes, aviser er så kedelige. Der står jo bare det samme, som man kan se i fjernsynet, hvis man altså gider se TV-avis. Det gider Liva ikke spilde sin tid med.

Hvis hun skal finde en mand, skal det være, mens det endnu er sommer, og det er allerede september måned. Så har hun travlt. Han skal nå at beundre hendes flotte have, inden det bliver vinter. Lige for tiden er det helt varmt udenfor, og der er et flor af blå og lilla, gule og mørkerøde blomster. Der er også æbler og blommer.

Da hun kommer hjem, er der en mjaven og piven i køkkenet. Kattene står allerede klar på køkkenbordet og plager om mad. Hun øser op til dem, og så er der fred. De fylder næsten hele køkkenbordet. Der spiser de altid, for hun synes, det er synd, de skal være nede på gulvet. Der skal være plads til os alle sammen, siger hun.

Så er det nu! Hun sætter sig i sofaen med avisen. På forsiden står der noget om oversvømmelser i Indien, og mange tusinde mennesker er døde. Hun ryster på hovedet. Det er da utrolig dumt, at folk bliver ved med at bo der, når de godt ved, hvad der kan ske. Hvorfor flytter de ikke bare?

5.

Nå, men det var jo ikke det, hun skulle. Hun slår op på en af de sidste sider, hvor der står "Personlige". Det bliver spændende. Der er rigtig mange i dag, og hun begynder fra en ende af.

Pludselig stopper hun ved én. Der står:

45 årig mand med fast arbejde. Ikke ryger, ærlig og kærlig ønsker kontakt med jævnaldrende kvinde for gensidig adspredelse og eventuelt senere ægteskab. Du må gerne være glad for dyr og naturen og have lyst til romantiske middage med rødvin og stearinlys. Jeg glæder mig til at høre fra dig. Billetmærke: 4537018.

Liva bliver meget glad. Jeg har fundet ham, jeg har fundet ham, jubler hun. Det er længe siden, hun har været så glad og så sikker i sin sag. Nu gennemgår hun endnu en gang annoncens ordlyd punkt for punkt.

Hør her, siger hun til sig selv, hvor godt det hele passer. Han er på min alder. Han har fast arbejde – og alt det næste lyder også godt – og så er der lige det med "gensidig adspredelse". Det ved jeg altså ikke, hvad han mener med, men det kan jeg jo altid spørge ham om, når vi ses. Og så vil han gerne giftes med mig! Det er nu sjovt, for han kender mig jo slet ikke endnu.

På den ene side er han lidt hurtig, men på den anden side er det da også dejligt at have en at lave mad til og så oven i købet én, der gerne vil spise romantiske middage sammen med mig. Det er bare ærgerligt, han skriver det med rødvin. Det er jeg ikke så meget for, men det kan han sikkert sagtens selv drikke. Bare han så ikke bliver fuld! Så ved man aldrig, hvad mænd kan finde på – som mor altid sagde - og det har jeg heldigvis aldrig været udsat for i hele mit liv. Gudskelov!

6.

Nå, så skriver han jo også det om dyr og natur. Så kan vi arbejde sammen i haven, og han vil elske kattene. Tænk, at man kan være så heldig, at finde den rigtige lige med det samme.

Nu sætter hun sig straks ned ved spisebordet og skriver til ham:

Kære Billetmærke 4537918.

Jeg hedder Liva og er 43 år. Jeg bor i et rækkehus i Birkevænget 27. Jeg er meget glad for alt det, du skriver, for det lyder som om, du netop lige er den rigtige mand for mig. Jeg er også glad for dyr, især katte, og naturen. Jeg har mange blomster i min have, som jeg glæder mig til at vise dig. Jeg er også god til at lave mad. Du må gerne komme til middag på lørdag aften. Så skal jeg lave en ret med lever og and, som jeg elsker. Du kan komme kl. 18. Du må selv tage rødvin med, for det har jeg ikke, men jeg har et stearinlys. Jeg glæder mig til at se dig.

Kærlig hilsen

LIVA

7.

Det er et godt brev, tænker hun og løber ned og poster det med det samme, så han kan nå at få det i morgen.

Lørdag morgen vågner Liva med en følelse af, at der skal ske noget ganske særligt. Så kommer hun i tanke om, hvad det er. Hun har jo inviteret en gæst – og ikke bare en hvilken som helst gæst. Det er jo ham, manden i hendes liv, ham hun skal giftes med.

Desværre kan hun ikke nå at tabe sig. Men hun har en fin kjole, som engang har været hendes mors, da hun levede, og de boede sammen her i huset. Den er ret løsthængende, og så ser man det ikke så meget.

Hun bader og vasker hår, men må opgive at blege det med "Platinblond". Der er simpelthen ikke tid. Der er så meget andet, hun skal nå. Så prøver hun kjolen. Den sad helt løst på hendes mor. På Liva sidder den som et pølseskind, men det gør vel heller ikke noget. Så kan man jo bedre se hendes figur, og han kan sikkert godt lide buttede piger.

Så er der ansigtet! Det bliver smurt ind i et tykt lag cremepudder. Det klatter lidt, fordi det alligevel er for gammelt, men når de skal sidde i stearinlys, kan man jo hverken se hendes hår eller hud særlig tydeligt. Èn ting er godt! Hun har heldigvis mors gamle læbestift. Den har samme mørkerøde farve som roserne i haven. Så vil det være ret flot, hvis hun netop plukker sådan nogle og stiller dem midt på bordet til pynt.

8.

Åh, der er sandt – bordet. Hun må skynde sig at dække bord. Klokken er allerede 17,30, og måske kommer han for tidligt. Maden står og småkoger i gryden. Det er to dåser lever og and med gulerødder og persille fra haven.

Hvor er stearinlyset? Hun kan huske, hun købte det sidste jul. Men her er det jo. Ret flot! Det er rødt med tal fra 1 – 24. Hun fik aldrig tændt det, men sikken et held. Ellers havde hun jo ikke haft noget nu.

En sidste gang ind og se sig i spejlet i soveværelset. Hun fik for resten ikke skiftet sengetøj, men det er jo heller ikke normalt, at folk kommer ind og ser ens soveværelse. Nå, hvordan ser hun så selv ud? Kjolen er i hvert fald meget fin af sådan en slags silke med blomsterbroderier. Skoene passer ikke så godt til, men man kan jo ikke have sko til alt. Desuden ser man dem jo næsten ikke. Man står da ikke og kigger ned på folks fødder, vel? Så afprøver hun lige læbestiftsmilet og konstaterer, at det måske er bedst at huske ikke at smile alt for bredt.

I det samme ringer det på døren. Han er vel nok præcis. Klokken er lige seks. Liva skynder sig ud og åbner. Der står han! Manden i hendes liv! Han har en buket blomster i hånden og præsenterer sig som Verner. Ja, og jeg hedder Liva. Velkommen - og han går indenfor. Hun tager hans jakke og hænger den på knagen. Hun kan næsten ikke se ham, for der har altid været dårligt lys i gangen.

9.

Kom ind i stuen, siger hun. Jeg har tændt stearinlyset og vær så god! Maden er færdig. Han sætter sig på den ene ende ved spisebordet. Nu kan hun først rigtig se blomsterne. Tænk, siger hun, det er nøjagtig de samme, jeg selv har i haven. Det er dem, man altid har i september, ikke? Hun kommer vand i en kande og anbringer den på køkkenbordet, hvor kattenes tomme skåle står endnu fra deres sidste måltid.

Nu serverer hun maden, og han spørger, om hun har en proptrækker til vinen. Da han går hen for at åbne den i lyset over køkkenbordet, ser hun ham rigtigt for første gang. Han er høj og mørkhåret og klædt i et mørkeblåt jakkesæt. Han har rigtig gjort sig pæn, kan hun se, men det har hun jo også. Han hælder vin i begge glas, og pludselig tør hun ikke sige, at hun ikke vil have noget. SKÅL, siger han og hæver glasset. SKÅL, siger hun og drikker først en lille slurk. Så skynder hun sig at tømme glasset. Han ser overrasket på hende. Nå, du kan nok godt lide rødvin, siger han, og hælder op igen. Så begynder de at spise. Imens sover kattene alle vegne. De har jo fået mad. En hopper op og lægger sig i hans skød. Den ryger hurtigt på gulvet. Han kan vist ikke lide dyr ved bordet.

Samtalen går lidt trægt. De snakker lidt om haven og om vejret, og hvor han bor henne. Så er der igen stille i lang tid. De spiser, og Liva har nu drukket glas nr. to. Hun er begyndt at føle sig meget mærkelig tilpas. Hun er slet ikke vant til vin, og det kører rundt for hende. Verner har allerede skænket op for tredje gang – også til sig selv. – og skåler og roser maden. Det smager dejligt, men jeg har nu aldrig smagt lever og and sammen, og så på denne her måde. Har du selv fundet på den opskrift?

Nej, nej, det er bare den dåse, mine katte og jeg holder mest af. Men kattene vil nu hellere have det uden grøntsager. Det blander jeg altid i til mig selv.

10.

Hun kan mærke, at hun er ved at blive lidt fuld nu. Jeg er glad for, at jeg nu har lært dig at kende, siger hun – helt rød i hovedet af vinen. Jeg er også glad for det, du skrev, det med at vi skulle giftes. Hvornår har du egentlig tænkt dig, at det skulle være?

Nu sender hun ham et stort, svømmende smil, og han ser med forfærdelse og afsky på hende. Han rejser sig og beder om at låne toilettet. Det ligger ude på gangen. Der kommer mærkelige lyde derudefra et lille stykke tid. Bagefter hører man, at der bliver trukket, vandet løber, en dør der smækker, og der bliver stilhed. Total stilhed!

Liva råber: Verner, hvor er du? Intet svar. Hun går ud, men snubler over en kat, og bliver liggende på gulvet - ude af stand til at rejse sig.

Her falder hun i en dyb søvn. Næste morgen har hun det meget dårligt. Hovedpine og kvalme. Hun kaster op og går ind i sin seng med den fine kjole på. Hun ligger og tænker over, hvad der skete. Hun kan ikke huske, hvornår han er gået, og hun kan ikke forstå, hvorfor han pludselig er væk. Det eneste, hun husker er, at de lige havde det så hyggeligt, at han roste hendes mad, at de havde deres første romantiske middag med rødvin og stearinlys, og at de snakkede om, hvornår de skulle giftes. Så blev hun pludselig meget fuld, og da hun vågnede, var han væk.

11.

Men hun er helt sikker. Han kommer igen! Han var sådan et fint menneske, der slet ikke udnyttede, at hun var fuld. Han havde jo drukket lige så meget, og så ved man jo aldrig, hvad mænd kan finde på. Men han gjorde hende ingenting.

Han kommer igen, siger hun til sig selv og til kattene. Han kommer igen, og det er ham, jeg vil giftes med. Og når vi spiser vores næste romantiske middag med rødvin og stearinlys, så vil jeg også have vin igen – og så ved man jo aldrig, hvad en mand kan finde på – og så gør det ingenting, når bare han elsker mig!

OKTOBER - DEN RØDE HAT

Om søndagen er parken næsten altid fyldt med mennesker, med legende børn og hunde i snor, folk, der hilser på hinanden og snakker. Man skal være heldig, hvis man får en plads på bænkene – især nede ved søen. Sådan er det bare. Og sådan har det været i alle de år, han kan huske tilbage, fra de flyttede ind i lejligheden. Ja, det må jo være omkring 45 år siden nu.

Tiden er gået så hurtigt. Og der er sket så meget. I dag er Torben 76 år og alene. Hans kone er død for ti år siden efter at have været syg af kræft i mange år. Det var som om alting gik i stykker for ham, dengang det skete.

Torben sidder på en bænk i parken og tænker, som så ofte før, over livet – livet før og nu. Der er mennesketom i parken i dag, så han kan sætte sig lige, hvor han vil. Det er en ganske almindelig mandag, og folk har andet at lave end at gå tur. Torben har ikke andet at lave. Han går tur hver dag, ligegyldig hvordan vejret er. Det er jo vigtigt at få motion og lidt appetit til frokosten.

De havde en stor smuk lejlighed og arbejdede begge to i kommunen, hun som socialrådgiver og han som fuldmægtig i skatteforvaltningen. De havde kun ét barn, en datter, som de var meget stolte af. Hun var et ønskebarn. Alting gik godt for hende. Skole, uddannelse og ægteskab. Hun blev gift i USA og har 3 børn, men han ser dem ikke så tit. De kommer kun hjem til Danmark hvert andet år, og hver gang er børnene blevet så store, at han slet ikke kan kende dem. Der er heller ikke plads i hans nye lejlighed til, at de kan bo hos ham, når de kommer. Han har byttet den store lejlighed ud med en lille toværelses i stuen. Så er der ikke så meget at holde, og ingen trapper at gå på. Han har nemlig gigt i begge ben.

Når han tænker på, at alle dem, han holder af, enten er døde eller langt væk, græder han tit. Ikke på bænken i parken, hvor tilfældige forbipasserende kunne se det, men hjemme, alene i lejligheden, hvor alting synes så tomt og indholdsløst.

Mens han sidder på bænken, kommer der en and hen til ham. Den kigger op på ham. Den er sikkert vant til at blive fodret. Han bukker sig ned, tager en sten og kaster den et lille stykke væk. Straks kommer der flere ænder. Nu bliver han helt flov. Det var dumt gjort, og han der ellers altid har været så glad for dyr. Han har bare aldrig haft nogen. Hvorfor har han aldrig taget noget gammelt brød med til dem? Han lover sig selv at gøre det i morgen. Han rejser sig op og går. De rapper efter ham.

Han er kommet til at fryse lidt. Man skal passe på med at sidde for længe om efteråret. Det er oktober, og hele søen er omkranset af røde, gule og orange farver. Hvis bare han kunne male, så ville han lave det smukkeste billede i verden, men han har aldrig haft tid til den slags. Da han var dreng, kunne han godt lide at male og sagde til sine forældre, at han ville være kunstmaler, når han blev stor. Da han blev stor, sagde hans far, at han skulle tage en kontoruddannelse i kommunen, for så var han altid sikker på at have et godt arbejde. Og så glemte han alt om at male, tog sin uddannelse, fik en god stilling, og hans far blev meget stolt af ham.

Han begynder at gå hjem, da han pludselig opdager, at han ikke er alene. På en bænk på den anden side af søen lige midt i solskinnet, sidder en dame med hvidt hår. Så skinnende hvidt, at det blinker i solen. Han stopper op og undrer sig over, at han ikke har lagt mærke til hende før. Men pludselig forstår han hvorfor. Hun har orange frakke, stort gult sjal, rød hat og røde handsker på. Derfor! Hun er simpelthen klædt i de samme farver som efterårsløvet på træerne. Det er ufattelig smukt. Han kan slet ikke få øjnene fra hende. Han kan heller ikke flytte sig fra stedet. Står bare og kigger, som om han har set en engel. Hun må da have opdaget, at han står her på den anden side af søen, og han begynder at føle det pinligt og beslutter sig for at fortsætte hjemad.

Idet han ser sig tilbage en sidste gang, opdager han, at hun har vendt sig og kigger i den retning, han går. Måske tilfældigt.

Mandag aften føles meget lang – men det gør mandag aftener jo ofte.

2.

Efter en lang periode med regn og blæst er denne uge startet med klart, stille solrigt oktobervejr. Det er endda helt lunt for årstiden. Man behøver ikke at tage alt sit varme tøj på allerede. Torben er ved at gøre sig klar til tirsdagsturen. Det er ligesom lidt anderledes, end det plejer at være. Han glæder sig altid til at komme ud i den friske luft, men i dag glæder han sig på en anden måde. Han går lidt tidligere hjemmefra, end han plejer. Han går lidt hurtigere, end han plejer. Han har også husket brød til ænderne.

Parken er tom som sædvanlig. Han stiler direkte mod søen. Bænken på den anden side er også tom. Så begynder han at fodre ænderne. I løbet af et øjeblik er han fuldstændig omringet af rappende forslugne ænder, der kampivrigt kaster sig over krummerne.

Det tager ikke mange minutter, så er plastikposen tom, og ænderne er stadigvæk lige sultne. Utaknemmelige dyr, tænker han. Han har været så optaget af at fodre dem, at han slet ikke har opdaget, at bænken overfor ikke er tom længere.

Han kigger op – og der sidder hun med sit hvide hår, så hvidt, at det blinker i solen og med det samme røde, gule, orange tøj som i går. Intet er forandret, og han kan heller ikke med sin bedste vilje se, hvordan det kunne være anderledes.

Han synes allerede, han kender hende ret godt, og i virkeligheden ved han jo slet ingenting om hende. Men han indrømmer overfor sig selv, at han meget, meget, utrolig meget gerne ville vide bare lidt om hende.

Mens han står der og ikke rigtig ved, hvad han skal foretage sig, begynder det at blæse op. Åh, hvor ærgerligt, tænker han. Det rusker i træerne og tusinder af røde, gule og orange blade blæser af, danser en ballet i luften og lægger sig på søen som et farvestrålende tæppe. Trangen til at male kommer atter op i ham, og hans hjerte begynder at banke kraftigere. Et pludseligt vindstød er næsten ved at vælte ham omkuld.

I dette øjeblik ser han et meget stort rødt blad, som ikke er et blad men en hat, damens hat hvirvle rundt i luften hen over søen og endelig lande på vandet mellem ænderne ovre på hans side. Den sejler nok så stolt af sted som et lille skib hen mod bredden, hen mod ham. Til sidst er den så tæt på ham, at han blot behøver at bøje sig ned og samle den op. Damen har nu rejst sig og står ved bredden på den anden side. Torben vinker til hende med den røde hat. Hun klapper i hænderne og peger for at vise, at hun vil komme over til ham. De begynder begge to at gå samme vej, og kort tid efter mødes de på midten, det vil sige midt på broen, der går over søen på det smalleste sted.

Han giver hende hatten, og hun trykker hans hånd, takker ham hjerteligt og ser på ham med et så varmt smil, at han bliver lidt svimmel og må støtte sig til rækværket på broen. ”Jeg hedder Louise”, siger hun. Torben præsenterer sig også. Sammen står de en tid og kigger ned i vandet, hvor rødorange guldfisk smutter ud og ind og gemmer sig i et farveorgie af blade, der ligner dem til forveksling.

”Må jeg byde på en kop kaffe som tak?” spørger hun. ”Ja, hvis du altså ikke har travlt og skal skynde dig hjem ligesom i går”, siger hun på en lidt drilsk måde og med et stort smil, så han ikke kan finde på noget særlig fornuftigt at svare andet end ”Ja tak. Det vil jeg da meget gerne. Nej jeg har ikke travlt i dag”. Og han tænker: ”Jeg har aldrig travlt. Hvornår har jeg sidst haft travlt?”

Hun bor på den anden side af parken, modsat ham, og hun er lige flyttet ind i en meget lille lejlighed, fortæller hun. Så er det altså derfor, de aldrig har set hinanden før, tænker han.

Louises lejlighed er smuk som hun selv. Den er fyldt med fine gamle møbler og moderne malerier i stærke farver. I stuen hænger et billede af en kvinde med en rød hat. "Det er et selvportræt", siger hun. "Jeg er maler. Det ene værelse bruger jeg som atelier, men der er desværre ikke ret meget plads. Jeg var nødt til at flytte fra mit hus, for jeg klarer ikke mere at passe alt det".

"Men du arbejder endnu", siger han. Hun ler. "En maler har ingen pensionsalder. Man bestemmer heldigvis selv, hvornår man vil holde op. Jeg har nu ikke tænkt mig at holde op nogensinde."

Hun viser ham rundt. Stuen, hvor hun også sover og spisekøkkenet, og så er der atelieret, hvor der hænger det sidste billede, hun er i gang med. Det er et ekspressionistisk maleri i en symfoni af stærke, glødende farver malet i mange lag og noget, der ligner to mennesker på to bænke. Den ene har en rød hat på. "Den anden, det er dig", siger hun. "Du kom med på billedet, da jeg kom hjem fra parken i går". Torben smiler lidt genert og takker for æren.

3.

Det er blevet en vane at se Louise hver dag. Det er ikke til at forstå, at hun er 82 år. Altid sprudlende fuld af liv og gode ideer. Han tænker på hende hele tiden, når han sidder hjemme hos sig selv. Hun er på en vis måde blevet en del af ham. Det er næsten en besættelse, som han ikke troede mulig i hans alder. Fra at være ensom og uden visioner for fremtiden, er han nu blevet to personer i én krop. Hun er der altid. Også når han er alene. Han tænker gennem hende, han føler gennem hende, og han er i en alder af 76 begyndt at planlægge et nyt liv sammen med hende.

Når de går tur i parken med hinanden i hånden, når de er i hendes lejlighed og nyder hinandens selskab, drømmer de om alt det, de skal nå her i livet. Koncerter, museer og ikke mindst rejser, rejser til fjerne lande, rejser til verdens ende – og til livets ende...

Og de har tid – oceaner af tid.

NOVEMBER - 14. ETAGE

Line bor i et højhus på 14. etage. Det er højt – meget højt oppe. Men udsigten herfra er fantastisk flot. Man kan se vidt ud over de grønne områder og bådene på vandet, når det er klart vejr.

Hun og Lars har boet her i tre år nu sammen med deres to børn Mikkel og Mie på tre og seks.

Men i dag er det helt overskyet, trist og gråt, og så stormer det, så planterne i altankassen lægger sig helt ned på siden. Nu begynder det oven i købet at øse ned – og netop som hun skal i byen og købe ind. Øv, rigtig novembervejr. Hun gider ikke. Men Lars henter børnene på vej hjem fra arbejde, og de kan komme når som helst. Så er de trætte og sultne.

Det med at købe ind, er nu engang hendes opgave, så nu er det bare med at komme af sted og trodse vejr og vind. Hun klæder sig på i en fart og skynder sig ud på trappen.

Elevatoren er på vej op. Måske er det allerede Lars og børnene, der kommer. Det håber hun nu ikke, for så bliver ungerne så skuffede, når hun skal gå, ligesom de kommer.

Elevatoren kører helt op til 14. etage og stopper. Så er det nok dem. De er tidligt på den i dag.

I det samme går elevatordøren op, og en mand træder ud. En høj mand med gråternet halstørklæde og en sort lædermappe under armen.

DERES ØJNE MØDES...

Idet de passerer hinanden, bemærker hun, at han betragter hende med et iskoldt blik, og at han ikke besvarer hendes hilsen.

Nå, det må han jo selv om, men temmelig uhøfligt, tænker hun, mens hun kører ned med elevatoren. Men hvem mon han skulle besøge på 14. etage? Han boede der i hvert fald ikke selv. Hun kender naboerne i de to andre lejligheder. De er vældig flinke. De taler tit sammen, sådan overfladisk, når de møder hinanden på trappen. Måske er det en af deres venner eller bare en sælger – hvem ved – men han virkede nu ikke særlig behagelig. Hun tænker på hans kolde øjne og gyser lidt.

2.

Hold da op, hvor det regner! Hun bliver drivvåd på cykelturen ned til centret. Det handler bare om at få det overstået hurtigst muligt – og så hjem i varmen.

Efter ca. en time, og hun står igen i opgangen og venter på elevatoren. Den er på vej ned. Da døren går op, giver det et sæt i hende. Ud kommer den mand, som hun mødte for en times tid siden. Han nedstirrer hende med det samme kolde blik, som før, men denne gang smiler han på en mærkelig måde, og stiller sig foran døren, så hun ikke kan komme forbi.

Et par sekunder senere slukker det automatiske trappelys, og der er dødmørkt.

I det øjeblik griber han hende og holder hende fast med et hårdt tag i armen. Slip mig! råber hun.

Min mand kan komme hvert øjeblik!

Han slipper hendes arm, og før hun når at finde ud af, hvad der sker, er han forsvundet. Der er stadig bælgmørkt, men hun skynder sig bare at vakle ind og trykke på 14. etage. På vejen op ser hun, at tasken med pungen er væk. Varerne har hun endnu i plastikposen. Aldrig har turen til 14. etage forekommet så lang.

Lars og børnene er kommet hjem for længst. Hun ryster over hele kroppen. Hun græder og fortæller Lars, hvad der er hændt, og bagefter ringer de til politiet. Lars trøster hende og siger, at det var godt, det kun var ren og skær tyveri. Tænk, hvis det havde været en pervers psykopat, der havde forgrebet sig på hende – forestil dig, hvad han så kunne have gjort.

Line smiler og giver ham ret. Nu er sagen i trykke hænder. Politiet skal nok finde ham – håber hun i hvert fald...

Om aftenen, da hun ligger og hører vinden hyle udenfor vinduet, gyser hun ved tanken om hans iskolde øjne, det uudgrundelige smil før lyset gik ud, og den faste måde han holdt hendes arm på.

Hvem er han egentlig – og hvad skulle han der på 14. etage?

På arbejde kommer hun i tanke om, at man nok burde advare naboerne og høre, om der var nogen af dem, der havde fået besøg af ham. Ja, det gør hun straks, når hun kommer hjem.

I dag vil hun købe ind på vej hjem, men husker pludselig, at hun ikke har nogen penge med og ringer til Lars på hans arbejde.

Han går nemlig hjemmefra lidt senere end Line. Hun kommer til gengæld tidligere hjem og stiller sin store taske op i lejligheden Så er der også tid til at slappe af med en kop kaffe helt alene, før hun går ned i byen og køber ind. Det kan man godt have brug for, når man er lærer og sammen med så mange børn hver dag. Han har bilen, så han kører børnene i skole og børnehave hver dag.

Fair nok!

Men i dag har Lars husket, at hun ingen penge har og lagt 500 kr. på køkkenbordet, fortæller han i telefonen Dem kan hun bare hente derhjemme først - og så samtidig stille den tunge taske fra sig.

Så hun tager hjem – og så er der også lige tid til det daglige ritual, eftermiddagskaffen.

Hun sætter sig ved bordet i køkkenet og kigger ud. Det er helt overskyet, trist og gråt, og så stormer det, så planterne i altankassen lægger sig helt ned på siden. Nu begynder det oveni købet at øse ned, og hun skal i byen og købe ind. Øv! Rigtig novembervejr. Lige som i går. Hun gider ikke, men Lars og børnene kan komme når som helst. Så er de trætte og sultne. Det samme indkøbsræs hver dag. Hun sukker. Den ene dag ligner den anden. Det kan godt være lidt trivielt en gang imellem. Line klæder sig på i en fart og skynder sig ud af døren.

Elevatoren er på vej op. Hov, hvem kan det nu være? Måske er det Lars og børnene. Det håber hun!

Elevatoren fortsætter helt op til 14. etage og stopper. Puh ha – bare det var dem.

I det samme går døren op, og en mand træder ud. En høj mand med gråternet halstørklæde og en sort lædermappe under armen. DERES ØJNE MØDES.

DECEMBER - SÅ BLEV DET ALLIGEVEL JUL

Mødet med arbejdsformidlingen

Arbejdsformidlingen i Vammelstrup har rigtig oppet sig i anledning af julemåneden. Der er nisser og gran og en juledekoration med levende lys oppe ved skranken. Der står også en lille glasskål med pebernødder. Vær så god, tag en pebernød, siger damen, der endelig har lagt røret efter en ti minutters privat samtale. Da har Carl allerede spist en hel håndfuld. Jo tak, siger han og tager en til.

Nå, du skal nok tale med Jørgen Jespersen, siger hun. Han er desværre optaget i øjeblikket, så jeg må bede dig vente. Jeg kalder, når han er klar. Carl tømmer skålen for de sidste pebernødder minus én, som han lader ligge for skams skyld og tager så plads sammen med alle de andre ventende.

Jørgen Jespersen er åbenbart en meget optaget sagsbehandler. Efter tre kvarter går Carl atter op til skranken og spørger, hvor længe det varer. Jo, han er faktisk lige gået til frokost, så det varer en halv time endnu, men tag en pebernød, siger hun. Han tager den sidste.

Efter endnu tre kvarter råber damen hans navn med høj røst: Carl Frederik Fidelius Frederiksen, vær så god! Tredje dør til højre.

Idet han rejser sig og passerer damen, bemærker han tørt: Kald mig Carl!

Bag tredje dør på højre hånd gemmer sig en ikke særlig stor mand, der sidder ved et særlig stort skrivebord. Det er Jørgen Jespersen, den sagsbehandler der forhåbentlig kan hjælpe ham til at få et nyt og meningsfyldt job. Carl sætter hele sin lid til den samtale, for nu har han gået arbejdsløs i så lang tid, at han har mistet sin ret til understøttelse og er kommet på kontanthjælp.

Derfor er han indkaldt til en snak om fremtiden med henblik på at få udarbejdet en handlingsplan.

Vær så god at tage plads, siger sagsbehandleren venligt og nikker mod stolen overfor ham. Han slår hans personnummer ind på computeren og kan nu læse alle de oplysninger, der er registreret om Carl.

2.

Han læser: Carl Frederik Fidelius Frederiksen, Nørregade 16, Vammelstrup, 58 år, gift, ingen hjemmeboende børn, uddannet arkæolog, har tidligere arbejdet med museumsprojekter af kortere varighed samt haft vikariater i Folkeskolen.

Aha, siger Jørgen Jespersen og gnider hagen tankefuldt. Ja, jeg er jo ked af at måtte sige, at det desværre har noget med din alder at gøre. Du er jo 58, og i din alder er det næsten umuligt at komme tilbage på arbejdsmarkedet. Man vil jo hellere have unge dynamiske kræfter. Og så står man jo ikke ligefrem og mangler arbejdskraft indenfor dit fag. Du skulle nok have valgt en anden uddannelse end arkæolog.

Men I kan jo ikke gå og grave i jorden alle sammen, ha, ha! Så må vi hellere finde noget helt andet til dig, noget aktivering, forstår du. Carl forstår alt for godt.

Men jeg har faktisk selv et forslag, siger Carl ivrigt. Jeg vil gerne arbejde med computere. Det ved jeg, der er stor fremtid i, og her betyder alderen vel ikke så meget. Kan jeg ikke komme på kursus? Det er noget, jeg har gået og tænkt over længe, og noget jeg virkelig har lyst til.

Ja, det er meget godt, men det er der mange, der har lyst til lige for tiden. Så kunne vi jo ikke gøre andet, end at sende folk på dyre IT-kurser. Imidlertid er det jo sådan, at du skal sendes ud i aktivering med øjeblikkelig virkning, og der har jeg et forslag.

Det er i dag den 1.december, som du ved, og Vammelstrup Varehus kan tilbyde dig et meget morsomt aktiveringsjob hele julemåneden. Mellem os kan jeg fortælle dig, at jeg egentlig skulle have skaffet én, der kunne have begyndt i dag, men der har simpelthen ikke været nogen egnede, før du kom. Med det samme jeg så dig, vidste jeg, at det skulle være dig. Hvad siger du så? Jørgen Jespersen smiler opmuntrende.

Carl ser forfærdet ud. Jamen, hvad nu, hvis jeg slet ikke har lyst?

Hov, hov, det er der desværre ikke noget, der hedder. Her i Vammelstrup hænger jobbene ikke på træerne, og du var jo udmærket godt klar over, at den ikke kunne blive ved med at gå. Og det er jo ikke sjovt at miste sin kontanthjælp her op til jul, vel? Nu henvender du dig allerede i dag hos direktøren og gør dig parat til at begynde i morgen tidlig. Vær så god, du skal give ham denne skrivelse fra mig.

Jørgen Jespersen sender ham en meget bestemt mine, da han rejser sig. Carl tager papiret og nikker. Han ved, han ikke har noget valg.

3.

Tag en pebernød, lyder det fra Jørgen Jespersen med en noget venligere stemme. Han rækker en lille glasskål frem mod ham, men nu har Carl fået pebernødder nok.

PÅ ARBEJDE I VAMMELSTRUP VAREHUS

Direktøren i Vammelstrup Varehus er en ældre herre, der faktisk selv villle have egnet sig som julemand. Han bruger meget tid på at forklare Carl, hvilket betroet job, han har fået, og til sidst henter han selve julemandskostumet frem. Det har ligget i et skab gemt godt væk helt fra sidste år. Carl prøver det. Det passer perfekt. Du er en rigtig julemand, siger direktøren hjerteligt og dunker ham i ryggen. Har du arbejdet som julemand før? Nej, det må han erkende. Det er ikke lige det, han har beskæftiget sig mest med i sit tidligere liv.

Nå, men det er heller ikke så svært, beroliger direktøren ham. Du virker jo kvik. Ja, jeg ved jo intet om, hvad du har lavet før, men jeg tror godt, du kan finde ud af det her. Du skal bare gå rundt i de forskellige afdelinger, især i legetøjsafdelingen, og spørge børnene, hvad de ønsker sig til jul. Så deler du disse her ønskesedler ud og siger, at de eller deres forældre skal udfylde dem med ønsker fra varehuset.

De skal også skrive navn og adresse på en lille talon, som de river af og kommer i den store julepostkasse henne ved døren, når de går ud. Den sidste dag før jul bliver der trukket lod, og den heldige vinder får en bamse af julemanden. Den skal du så ud og aflevere på adressen.

Ja, men hvad nu hvis den unge slet ikke har ønsket sig en bamse? spørger Carl. Sludder, alle børn kan da lide bamser, vrisser direktøren. Men jeg har faktisk mange ting, jeg skal lave, så vi ses i morgen tidlig.

Næste morgen står Carl parat to minutter før varehuset åbner for kunderne. Han har det ret ubehageligt i det alt for varme tøj og med det store hvide vatskæg i hovedet. Han er lidt nervøs. Han er også blevet udstyret med en sæk fyldt med tomme ønskesedler og små poser med slik og pebernødder. Han er ved at brække sig. Nu bliver de store glasdøre låst op, og utålmodigt ventende kunder skynder sig indenfor i varmen. Udenfor er det bidende koldt. Det er begyndt at sne, og folk snakker om, hvor dejligt det er, at det bliver hvid jul i år.

Se mor, det er en rigtig julemand. Skal vi ikke gå hen til ham? Og så strømmer det til med unger, der alle sammen skal have poser og ønskesedler og klappes på hovedet og spørges om, hvad de ønsker sig til jul. Han synes selv, han er meget god til at snakke med dem, stille de rigtige spørgsmål og vinde deres tillid.

4.

Når han bliver træt af at vandre rundt i de forskellige afdelinger, sætter han sig i en lænestol for enden af legetøjsafdelingen på 1. Sal. Så kommer der tit små nysgerrige unger, der kravler op på ham, vil sidde på skødet og pille ved hans store hvide skæg. De er ret søde. Han bliver helt varm indeni og giver dem knus og stryger dem over håret. Der er ovenikøbet en lille pige, der insisterer på at give julemanden et kys på næsen. Du er sød, siger hun, og du lover at komme med masser af gaver til mig juleaften.

Netop i denne situation dukker direktøren op og fryder sig over den populære julemand, han har ansat. Han går hen til ham bagefter. Du har nok børnetække, siger han. Og salget går jo også forrygende godt, griner han og gnider sig i hænderne.

5.

Nedturssyndromet

Nu kunne jo alt være lutter idyl i Carls meget begrænsede tid som sæsonarbejder. Han kommer glad men træt hjem fra arbejde hver dag, og hans kone glæder sig over hans gode humør og morer sig over alle de sjove historier, han kan fortælle om børnene.

De næste dage oplever han, at der kommer en del børn uden forældre, og at han har set flere af dem før. Det er lidt problematisk, for man kan vel ikke sige til dem, at man godt kan huske, at de var her både i går og i forgårs og dagen før og fik en pose hver gang. Man kan især ikke tillade sig at fortælle dem, at man godt ved, at de slet ikke skal købe noget, men bare kommer for at få noget. De griner også af ham og siger, at han slet ikke er en rigtig julemand, for rigtige julemænd findes ikke. De frækkeste af dem trækker ham i skægget, til han til sidst bliver meget vred og beder dem om at forsvinde.

Sådan en dag, hvor han er rigtig godt gal i hovedet, kigger direktøren også ind for at se, hvordan det går. Carl har lige grebet en af de små stamkunder, en lille snottet unge med omvendt kasket, i at stikke hånden ned i sækken og tage masser af poser.

Tror du det er et tagselvbord? Carl tager fat i kraven på ham, men skynder sig at slippe ham lige i det øjeblik, direktøren kommer til syne for enden af legetøjsafdelingen. Nu begynder den snottede unge at vræle. Hvor er din mor? Ungen græder endnu højere.

Han siger, han er blevet væk. Direktøren trøster ham, pudser hans ulækre lange næse i sit eget fine silkelommetørklæde og følger ham ned til indgangen. Hvis du bliver stående her, kommer din mor nok og finder dig.

6.

Så går han tilbage til Carl og forklarer ham, at børnene jo er hans fremtidige kunder og skal behandles godt. Han har jo ellers bemærket, at Carl er vældig god til at snakke med børn. Han kom faktisk for at fortælle ham, at han er den bedste julemand, han nogensinde har haft, og at han gerne vil love ham arbejde til næste jul. Man kan ikke undgå at glæde sig over, hvordan alle de små børn flokkes om dig. Men nu må du vise mere tålmodighed over for de store – også hvis de tager slikposer og er frække? spørger han. Jah, direktøren gnider sig i skægget, jah, vi må tænke på, at det er småting. En dag vokser de op og bliver de nye kunder i Vammelstrup Varehus. Carl siger ikke mere.

Dagen efter kommer der virkelig mange uden forældre og opfører sig bevidst provokerende. De er ude på noget. Det er en hel bande, der kender hinanden godt. Han beslutter sig til at holde øje med dem. Nu kommer nogle af de større drenge hen til ham og stiller sig lige foran ham. Ha, har I set den åndssvage julemand? Tror I han tror på sig selv? Ha, ha, og så skriger de af grin. Hvad har sådan en julemand på inden under? spørger de og begynder at hive op i hans tøj. Ha, han har lange hvide underbukser på. Hvor sexet! Og hvad tror I så, der er inden under dem? Skal vi kigge efter, om en rigtig julemand ser ud ligesom os?

Og så begynder de at hive i hans lange underbukser, så han må smide både sækken med slikposerne og alle de ønskesedler, han har i den anden hånd. Alt ligger hulter til bulter over hele gulvet. Der står kun en eneste ekspedient i den ende af afdelingen, fordi de andre holder frokostpause. Den unge dame er så optaget af at betjene en kunde. Hun ser overhovedet ingenting. Desuden synes Carl også, det er pinligt, hvis nogen ser, at han ikke kan klare ungerne.

Det er ligesom dengang, han var vikar i Folkeskolen. De små børn og de søde børn kunne altid godt lide ham, men så snart de blev store og frække – så gik det galt. Han blev altid drillet, og når de fandt ud af, de kunne lave numre med ham, blev det bare endnu værre. Han sladrede aldrig om dem til inspektøren, for det faldt jo kun tilbage på ham selv. Det beviste, at han ikke kunne styre børnene. Og det var også sandt. Det var én lang lidelse at være vikar i Folkeskolen, for de vidste alle sammen, at han ikke var en rigtig lærer. Fastansat kunne han jo aldrig blive, fordi han ikke var uddannet folkeskolelærer. Derfor var han i mange år løs vikar på de to skoler, der ligger i Vammelstrup kommune. Han vidste aldrig, om der var job til ham, før der blev ringet ved syvtiden om morgenen. Så måtte han være klar ved telefonen, for hvis der var en lærer, der havde meldt sig syg, skulle han møde i hans sted kl. 8.

Sådan er det også her, tænker Carl. Hvis jeg fortæller, hvad der egentlig foregår, kan han jo se, at jeg ikke dur til jobbet. Han skynder sig at putte alle de slikposer, han kan få fat på, tilbage i sækken, men over halvdelen er allerede forsvundet i lommerne på drengene. De griner af ham. Carl kan mærke, at han er helt rød i hovedet, lige så rød som den dumme nissehue, han faktisk føler sig helt til grin i. Men hvis han mister fatningen, bliver han endnu mere til grin

7.

Han vender sig mod dem og siger med dæmpet stemme, skælvende af raseri: Jeg melder jer til politiet hele bundtet! Så får jeres forældre at vide, hvad I går og laver – og så bliver det vist ikke nogen særlig hyggelig jul, vel?

Men nu stiller den største af drengene sig truende hen foran ham og siger med et skævt smil: Det vil jeg ikke råde dig til. Så kan det være, at vi fortæller, hvad du gør ved små børn.

Hvad mener du? spørger Carl undrende.

Årh, det ved du nok bedst selv. Før, da Nicki bad om at låne toilettet, gik du med, og det varede jo et stykke tid, inden I kom tilbage. Og Nicki hylede, og vi spurgte ham, hvad der var i vejen, og så fortalte han det hele. Hvad du gjorde ved ham derude på toilettet. Er det det, du vil have os til at sige til politiet? Ja, jeg spørger bare? Den store dreng ser triumferende på ham. Nå, der kan du bare se. Så er det vist bedre, du holder mund, ellers kan det jo være, det er din jul, der ikke bliver særlig hyggelig, ikke?

Carl står fuldstændig lamslået af forfærdelse over denne falske beskyldning. Nej, nu kan det være nok. I er fulde af løgn, og det skal I ikke slippe godt af sted med! Han tager hårdt fat i nakken på den nærmest stående og begynder at skubbe ham foran sig gennem afdelingen, mens ungen når at smide indholdet af lommerne over til en kammerat. De stikker af alle sammen, men den store råber, idet han smutter ned af trappen. Husk nu vores advarsel! Vi mener det. God jul, børnelokker!

Da Carl ser sig rundt, forstår han godt, hvorfor de forsvandt så hurtigt uden at prøve at få deres kammerat fri. Personalet er nemlig kommet tilbage fra frokost og kigger måbende på Carl, der fastholder sit tag i den uregerlige unge. Hvad sker der? spørger personalet, men Carl svarer ikke. Han har nok at gøre med at føre sin genstridige fange op til direktørens kontor på 2. sal. De kigger efter ham og ryster på hovedet. En gang imellem mister han helt besindelsen. Han egner sig vist ikke til at være julemand, siger de.

Direktøren hører tålmodigt og overrasket på Carl. Så skriver han drengens navn og adresse op. Bagefter får han navnene på de andre drenge. Hvad hører jeg lille ven? Har du hugget slikposer? Drengen ryster på hovedet. Hit med dem i en fart!

8.

Men drengen nægter stadigvæk at have gjort noget, og til sidst undersøger direktøren hans lommer, men finder ingenting. Hvad sagde jeg, siger drengen frækt, jeg har selvfølgelig ikke noget i lommerne, når jeg ikke har taget noget – og det har de andre heller ikke. Det er bare noget, han finder på. Og så begynder han at græde, og direktøren skynder sig at undskylde. Der må være sket en fejl. Du kan godt gå hjem nu.

Bagefter bebrejder han Carl, at han beskylder et barn for noget, han ikke har gjort. Det er en alvorlig historie og en utrolig dårlig reklame for varehuset. Det er nu anden gang, jeg har set dig fare op over for nogen, der intet har gjort. Det har vi slet ikke brug for i Vammelstrup Varehus.

Med den besked forlader Carl direktørens kontor. Han er sammenbidt og rasende gal. Men han kunne alligevel ikke få sig selv til at fortælle, hvordan de havde ydmyget ham og slet ikke, hvad de har truet med.

Hjemme beklager han sig til sin kone over det rædselsfulde job, han allerhelst ville forlade på stedet. Men hun beroliger ham med, at der er så kort tid tilbage, og at de trods alt godt kan bruge de ekstra penge, han tjener her i julemåneden. De har en stor familie, børn og børnebørn, og de kommer alle sammen og holder juleaften hos dem. Det er den eneste gang om året, hvor hele familien er samlet – og det glæder de sig til.

9.

Når enden er god, er alting godt - Men den ikke her.

Næste dag går lidt bedre. De frække unger holder vist fri i dag. Selve direktøren går en runde og nikker til ham, idet han kommer forbi. Carl trækker vejret dybt og tænker, at det nok ikke er så slemt alligevel.

Et par dage efter, hvor der mærkeligt nok har været total fred for ungerne, står der pludselig hen under aften en tre – fire mødre og nedstirrer ham. Er det ham? spørger de og peger ham lige op i ansigtet. Drengene nikker, og Carl bliver til sin store ærgrelse rød i hovedet. Se, han bliver rød i hovedet, siger de. Det er fordi, det er rigtigt, hvad vi siger.

Nu går mødrene med børnene i hånden direkte op på direktørens kontor. De fortæller ham, at julemanden er pædofil og ikke kan lade deres uskyldige børn være i fred. Han må fyres.

10.

Og fyret bliver han – og anholdt af politiet, der straks tropper op på arbejdspladsen for øjnene af alle børnene. Direktørens sidste ord: Du har bragt skam over Vammelstrup Varehus!

På politistationen prøver Carl at fortælle hele historien, men ingen tror ham. I retten bliver han dømt til to års fængsel, og for at han ikke skal gå frit omkring og være til fare for flere små børn, bliver han indsat med øjeblikkelig virkning.

Hans kone er chokeret. Det havde hun dog aldrig i sin vildeste fantasi forestillet sig om sin mand. Hun vil skilles omgående.

I fængslet er der ingen, der vil tale med Carl. Tyve, mordere og terrorister er trods alt en slags mennesker – men pædofile – og så oven i købet julemænd....

Hele Vammelstrup er på den anden ende. De er dybt forargede, og folk, der ellers aldrig ville tale sammen, har pludselig fået en fælles sag. Vent, til han kommer ud om to år. Så skal vi vise ham, hvad vi mener om ham!

Og det bliver juleaften. Sneen lægger sig smuk og hvid over alle de små tage og træer i Vammelstrup by. Også i fængslet spiser man fin mad den aften. Flæskesteg og rødkål med både brune og hvide kartofler. Og bagefter er der juletræ og lys og fællessang.

Så blev det alligevel *rigtig* jul for alle lovlydige borgere – og for tyve, mordere, terrorister og pædofile julemænd i Vammelstrup arrest.